Le Vallon Creux :

La route qui s'effondre

Les Gurt Wyrms, les Jinglewyrms et les Winderwyrms de Farfrey

Poésie du pignon légendaire de la Bretagne romaine

Par Alexander Paul Burton

Première édition - Avril 2026

Illustrations : Dessinées à la main par Alexander Paul Burton

Conception : Alexander Paul Burton

Ceci est une œuvre de fiction. Les noms, les personnages, les lieux et les événements sont soit le fruit de l'imagination de l'auteur, soit utilisés de manière fictive.*Le Vallon Creux*S'inspirant de paysages réels, d'histoires linguistiques et des vestiges de la Bretagne romaine, notamment du West Country et du Somerset, il s'agit finalement d'un mythe, et non d'une carte.

https://www.alexanderpaulburton.com/the-hollow-vale-wiki

Note de l'auteur

Ce pignon légendaire dévoile désormais son rôle, au sein du cycle de Tharion, qui lui est si cher.

Les textes en prose et en vers que vous lirez, vus à travers le regard de Caelwyn, expriment une noble doctrine. Sa langue résonne d'un passé lointain, puisant son inspiration dans le tharionais, une langue imaginaire des rivages de Bretagne, parlée vers l'an 300 et plus jamais après.

Toutes les orthographes qui peuvent paraître un peu maladroites et la grammaire étrange à vos yeux sont choisies pour préserver la tradition ancienne, pour traduire le tharionais avec exactitude, dis-je.

Le Cycle de Tharion et ce Vallon si profond sont nés de la fiction, et ils gardent bien des secrets. Pourtant, leurs racines s'entrelacent avec des lieux bien connus, comme les collines et les ruines de pierre du Somerset. Les récits de héros et les mythes antiques sont pleinement imaginés, précieusement conservés ; l'histoire devient une ombre et un miroir, un prisme où bientôt s'évanouira le désir perdu.

À chaque nouveau chapitre dévoilé, les versions précédentes peuvent être saluées. Vous êtes invités à les lire à un prix spécial, car ceci n'est pas une histoire vraie, pleine de vices. Mais quelque part dans les brumes du vaste Somerset, le souvenir d'un conte ancien subsiste encore.

Alexander Paul Burton, avril 2025

https://www.alexanderpaulburton.com/the-hollow-vale-wiki

Contenu

Cartes fantastiques du Somerset et d'ailleurs

PISCARIA COVE
ELDERGLEN
THE KNOLL OF HORNS
BURONIUM
HINCLAETH
CYNSEDGEMAR
TOR VE
CATTOCUM
AETHERCOMBE
Northpool / Aetherpool
TOR
BAUDRIOCUM
STRATANHOLD
LIBRA
MARSH OF MIR
TARPATH
THE HOLLO
PARITONUM
T
E
N
W

The Hollow Range
Tiarath Vale
Netherholt
Gemar
Avalon / Avaloniae
Tor Velden
Sula
Trevonnen
Cum
Library of Velden
Ffynnonwell
Tanhold
Marsh of Mirrors
Hollow Vale
Harion

SUMORSÆTE
DRYNARETH
BRINMERE
VELBARITH
CAER PENHUELGOLT
POYNWRENETH
CAERWEN MYNNAEL
MONNIA
EXMOO
ISCA DUMNON
NAELPORTUS
SENLORYN
SANTWYR AELWEN
PENWYTH CAELIR
TRETHIRWYN
TORHALLOW
MOUTH OF FEALL
FYTHAEN MORAEL

Chapitre I : Les collines avant Rome

Des terres ancestrales aux confins occidentaux de la Grande-Bretagne, avec leurs champs verdoyants, leurs prairies lumineuses et boueuses, leurs collines couvertes de bruyère : voici le Somerset, une région brumeuse peuplée de gens robustes, de créatures sauvages et d'une magie profonde. Sur les collines de Quantock se dressaient jadis un phare éclatant et une petite tour de guet en bois de cerisier ; un ancien poste d'où les guetteurs pouvaient observer les petites péniches en bois arrivant des rivages lointains.

Ces collines, jadis connues sous le nom de Cantoc Tor, furent peu à peu abandonnées durant la longue occupation romaine de la Bretagne, jusqu'à leur départ au début du Ve siècle. C'est parmi ces collines et ces petites vallées que les bêtes erraient autrefois. Le grès, réputé pour refléter de puissants rayons de lumière sur la baie, était considéré comme vivant. Sa couleur, ce rouge, aurait été insufflée par Caelir l'Unique lui-même, donnant ainsi vie à la colline et lui conférant ses propres veines. Aujourd'hui encore, les collines de Quantock, boueuses et humides, rendent hommage à ce don divin.

Jadis, une multitude de petits wyrms vivaient parmi les arbres des bois, les pignons des chaumières et les petites granges au toit de chaume. Maisons de bois et maisons de torchis s'y côtoyaient avec la même chaleur et le même confort. C'est pourquoi, les jours de pluie, les wyrms descendaient dans les bois tendres de Pardlestone et sur les plages de galets doux et scintillants de Kilve, alors appelée Kelvenna. Ces jours-là, l'ail des ours s'élevait du sol forestier en d'épais nuages capiteux, et les bateliers de la côte croyaient que percevoir cette forte odeur verte dans l'air était le signe du passage d'un wyrm. Sentir l'odeur de l'eau stagnante des marais par une journée claire et sans vent était le signe qu'un wyrm était encore proche.

Ces wyrms, au fil des millénaires, s'endormirent lentement. Les gens du coin et les bateliers d'antan les connaissaient, bien avant l'arrivée des Romains et du Grand Aigle impérial. Car à leur venue, nombre de wyrms furent tués ou abattus. De grandes bêtes, de la taille de plusieurs hommes, et d'autres plus petites, pas plus grandes qu'un lièvre. Ces créatures ailées recherchaient la joie et le rire, non le pillage et la tristesse.

Certains étaient bruns, d'autres d'un rouge profond. Dans leur jeunesse, les wyrms étaient verts et leur couleur s'assombrissait peu à peu. Certains, épuisés, s'endormaient pour des années et finissaient par se couvrir d'une mousse vert clair, leur peau fissurée de brun foncé. Ils étaient d'un tempérament joyeux, bien que les plus jeunes fussent souvent jaloux et arrogants. Ils se livraient à de violentes disputes, même endormis. Leurs voix, bien que sourdes, portaient jusqu'à un kilomètre, un atout précieux pour traverser les hautes falaises vertes et brunes du Somerset. Ce sont les jeunes wyrms, les plus arrogants, qui furent responsables de la disparition des moutons sur les pentes de Quantock, et ce sont eux qui donnèrent naissance aux histoires les plus sombres. Les wyrms plus âgés, dont les écailles avaient pris la teinte brun foncé des vieilles fougères, désapprouvaient fortement cela.

Les wyrms femelles étaient sages et sincères, et bien que les wyrms n'exprimassent pas de genre comme nous autres humains, leur bonheur résidait plutôt dans la nage dans les ruisseaux d'eau douce et le vol nonchalant à travers les bois couverts de lichen et les arbres clairsemés des collines de Quantock.

On imagine difficilement un peuple plus joyeux. Pourtant, le passage cruel des années a rongé leurs corps terrestres, non par une violence soudaine, mais par une certitude lente et glaciale. Malgré leur noble nature, ils furent humiliés, destinés à être consignés dans les parchemins poussiéreux du passé non comme une race dominante de wyrms, mais comme un peuple brisé et mélancolique. Le temps des grands festins et de la douce lueur des feux de cheminée près des chaumières de wyrms a disparu ; et bien que nous puissions tenter d'imiter leur gaieté d'antan, les Gurt Wyrms sont désormais livrés aux caprices du temps et du destin.

Ils ne s'animent qu'aux premières pluies du printemps, lorsque l'eau s'infiltre à travers les fougères des fourrés encore gelés qui couronnent les collines de Quantock. Ces réveils sont particulièrement soudains au cœur du bois de Shervage, où les Gurt Wyrms demeurent encore aujourd'hui. Ce sont des créatures insaisissables, souvent prises pour de simples racines tordues de chêne ou pour l'écorce noueuse d'un houx par les orgueilleux et les aveugles. La sagesse ancestrale des hommes de la rivière leur adresse un avertissement singulier : si jamais vous tombez sur ce qui semble être un tronc d'arbre abattu d'une taille immense, et que vous y décelez le parfum âcre et sucré de l'ail des ours, mieux vaut les saluer poliment et vous éclipser au plus vite.

Leur puissance même fait s'épanouir leur nature non binaire, car ils ne sont ni tout à fait de ce monde ni entièrement hors de lui. Ils habitent comme des compositions spirituelles entre le Vallon Creux du Physique et celui de l'Imphysique, maintenus dans un état de superposition entropique. Leur véritable demeure, nichée au cœur de rêves vagabonds, est un lieu qui ne leur convient guère ; d'où leur inquiétude permanente à travers le Somerset, terre jadis connue sous le nom de Tharion.

Leur loi, à la fois marquée par le temps et implacable par le pragmatisme, les a soutenus pendant des siècles. Leur autorité ne provient d'aucune couronne ; elle découle d'une ancienne alliance de réciprocité et de refus. Par là, ils transforment la nature même du monde, offrant des bienfaits de changement et ne récoltant que ce qui peut être préservé, tant spirituellement que physiquement.

Au temps des gens des rivières et des vieux bateliers, on jouait des airs simples et joyeux. Bien que ces airs aient presque disparu de la mémoire collective, ils persistent encore dans les mélodies fugitives que nous fredonnons au gré de nos occupations. Nous ignorons que ces échos à demi oubliés possédaient jadis le pouvoir de faire trembler la terre, car les Winderwyrms tournaient leurs grandes têtes carmin vers le son, reconnaissant dans notre souffle une chose qu'ils croyaient disparue depuis longtemps.

Le fuseau du ver Gurt (Chant du soir)

Gurt Wyrm ! Gurt Wyrm, bruyant et libre !
Sous la roche grise,
Il apparaît comme un arbre !

Gurt Wyrm ! Gurt Wyrm, Carmin et Brun !
Jamais un jour triste,
Jamais un froncement de sourcils.

Gurt Wyrm! Gurt Wyrm, le temps va changer !
Dans le Vallon Creux,
Dans la chaîne creuse !

Gurt Wyrm ! Gurt Wyrm, long et vert !
Les Romains envahisseurs,
Écoutez-les crier !

Gurt Wyrm ! Gurt Wyrm, vrai fils du Somerset !
Dans le bois de Shervage,
On vous tend l'oreille, Ark at 'ee !

Gurt Wyrm ! Gurt Wyrm, sage et audacieux !
Nous aimerions nous asseoir, écouter
Tes vieux récits d'antan.

Gurt Wyrm ! Gurt Wyrm, vivant sur nos terres !
Vous, les dragons du West Country,
Quelle fière bande de bagarreurs !

Gurt Wyrm ! Gurt Wyrm, bruyant et libre !
Vivant parmi nous,
Entre toi et moi !

*Ark at 'ee ou Arketh'ee ; signifiant Écoutez-le ou Écoutez-la

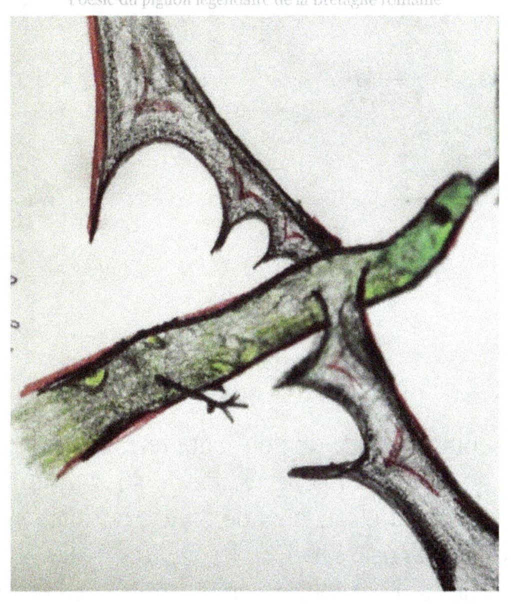

Chapitre II : Les Jinglewyrms de la baie de Snarwood

Il y a longtemps, ces joyeux Gurt Wyrms apprirent de nouvelles coutumes sur de nouveaux terrains qui les mirent à l'épreuve de diverses manières. Ils ne se cantonnèrent plus aux zones boisées et au bois de Shervage, mais s'étendirent vers le nord jusqu'à Kilve et les petites plages, criques et recoins cachés qui bordent la côte.

Ces nouveaux types de wyrms, proches des Gurt Wyrms, privilégiaient l'espace liminal où la terre rencontre la mer et où l'eau douce se mêle aux eaux salées ancestrales. Car c'est le sel qu'ils désiraient ardemment, qu'il s'agisse d'un calice rempli d'eau de mer ou de la brise salée chargée de résidus apportée par les vents matinaux soufflant du sud vers l'intérieur des terres.

On disait qu'ils émergeaient des couches fossilifères elles-mêmes, nés du limon rouge stratifié que les collines de Quantock déposaient chaque saison dans la baie. Leurs écailles n'étaient ni le carmin profond ni le brun mousse de leurs cousins Gurt Wyrm, mais scintillaient de cuivre et d'argent, une sorte de cotte de mailles vivante qui tintait doucement à chacun de leurs mouvements, comme des deniers romains tombés dans un bol creux. C'est ce son qui leur donna leur nom. Les Jinglewyrms de la baie de Snarwood étaient des créatures marginales, un peuple liminal, et ils portaient cette nature comme une armure.

Leurs voix différaient aussi des sons profonds du Gurt Wyrm, qui émanaient en craquements sonores. Les Jinglewyrms, clairs et perçants, résonnaient sur l'eau, portant sur de grandes distances à travers les plaines du Somerset. Par les nuits calmes, leurs appels portaient jusqu'au Pays de Galles et semaient souvent la confusion chez les bateliers qui les prenaient pour les cloches du port de Buronium, celles-là mêmes qui les guidaient sains et saufs vers le port la nuit. Là où les Gurt Wyrms chantaient des énigmes et des rimes dans l'obscurité de la nuit, les Jinglewyrms proclamaient les mêmes poèmes à la lumière du jour et à l'aube d'une vie nouvelle.

C'était la lumière qu'ils préféraient. Ils étaient attirés par les surfaces qui la captaient et la reflétaient avec certitude : le bronze poli, les cordages soigneusement enroulés, les amphores empilées en rangées. Lorsque les galères marchandes romaines commencèrent à jeter l'ancre dans la baie, les Jinglewyrms remontaient à la surface la nuit pour admirer la netteté de l'ensemble. L'ordre. La clarté. Le sentiment que chaque chose avait un nom, une place et une fonction. Ils cherchaient, sans le savoir, quelque chose d'exactement semblable.

Au cœur des monts Mendip, non loin du pays de Quantock, les Romains avaient découvert des gisements de plomb et d'argent en quantités qui rendaient leurs géomètres fous. Les mines de Mendip devinrent parmi les plus productives de toute la Bretagne.

Certains des bateliers les plus âgés croyaient que les Jinglewyrms n'étaient pas seulement attirés par l'argent romain, mais qu'ils en étaient en quelque sorte faits : des esprits des veines de minerai animés et vocaux par le tumulte de l'exploitation minière. Quoi qu'il en soit, les Jinglewyrms étaient indéniablement agités dès le creusement du premier puits de Mendip, et leurs écailles de cuivre prirent un éclat nouveau, comme si elles répondaient à un signal venu des profondeurs.

Lentement, presque imperceptiblement, les Jinglewyrms développèrent un besoin de frontières. Ils voulaient savoir où la mer s'arrêtait et où ils commençaient. Ils désiraient des noms qui demeurent les mêmes du lever au coucher du soleil. Ils commencèrent à apprendre des termes latins pour se désigner : Serpens Argenteus, le Serpent d'Argent.

Au fil de leurs conversations chuchotées au bord de l'eau, ils commencèrent à considérer la fluidité des Gurt Wyrms comme un défaut, un échec à atteindre une forme convenable. Ils murmuraient que les Gurt Wyrms étaient confus, contre nature, impossibles à fixer sur du parchemin à l'encre. Ils interprétèrent l'ambiguïté sacrée de leurs cousins comme un chaos nécessitant l'ordre de ce qu'ils appelaient le Pignon : le toit à deux pans de la civilisation qui divise le monde en deux moitiés nettes et connaissables.

Les deux clans cessèrent de chanter ensemble. Les Gurt Wyrms se retirèrent plus profondément dans les bois. Les Jinglewyrms s'enroulèrent sur des pierres chauffées par le soleil et s'exercèrent à la grammaire de l'empire, apprenant à penser selon les catégories que les Romains avaient apportées avec eux : terre et mer, civilisé et sauvage, fixe et informe.

Ils virent dans la culture romaine le reflet qu'ils cherchaient depuis longtemps : un monde où chaque chose avait sa place et sa fonction, un nom gravé dans le bronze. Ce qu'ils ne voyaient pas encore, c'est que ce miroir était aussi une cage.

Le Chant du Rivage du Jinglewyrm

Là où l'eau douce rencontre le sel de la mer,
Les Jinglewyrms de Snarwood vinrent,
En écailles de cuivre et flamme d'argent,
Un peuple liminal et tintinnabulant, libéré.

Des couches fossiles, ils surgirent brillants,
Ils brillaient le long de la baie de Kilve,
Et ils aimaient la frontière et la pierre,
Les galères romaines avaient commandé un éclairage.

Là où Gurt Wyrm chantait à voix basse, en posant des questions,
Les Jinglewyrms proclamaient, sonnaient,
Un son clair et net, comme une cloche, comme du cuivre.
Au-delà des lueurs du soir sur l'eau.

Ils adoraient les amphores soigneusement empilées,
La corde mesurée, la proue polie,
Le registre et le vœu latin,
Les noms et les détails, jour après jour.

Ils qualifiaient la nature du Gurt Wyrm d'étrange,
Leur aisance est un défaut, non une grâce.
Trop vaste, trop sauvage, aucun lieu fixe,
Trop grand pour n'importe quelle gamme romaine.

Et c'est ainsi qu'ils apprirent la langue de l'Empire,
Le Serpent d'Argent, leur nouveau nom,
Sans voir le piège du miroir :
La cage était suffisante, pour les jeunes comme pour les vieux.

Chapitre III : Les Winderwyrms de Farfrey

Sur les origines des Winderwyrms et de leurs anciens parents

Les Winderwyrms étaient, par le sang et une ancienne alliance, étroitement apparentés aux Gurt Wyrms du Bois de Shervage, bien que plus petits et d'un tempérament considérablement plus agité. Là où les Gurt Wyrms dormaient de longs sommeils moussus, les Winderwyrms ne s'attardaient guère. Au fil des millénaires, ils sombrèrent peu à peu dans l'errance plutôt que dans le sommeil. Bien avant que l'étendard du Grand Aigle ne projette son ombre sur ces terres, les gens des rivières et ceux qui peinaient sur les anciennes barges parlaient de ces créatures à voix basse, comme des âmes familières. Mais l'arrivée des Romains apporta son lot de sang ; les anciennes coutumes furent bafouées, et les Winderwyrms furent soit passés au fil de l'épée, soit contraints à un exil amer loin de leurs terres ancestrales.

Dans la fleur de l'âge, leur pelage arborait une verdure éclatante, semblable à celle des feuilles, mais avec le temps, leurs écailles se teintaient des tons brûlés du fer rouillé ou d'une prune desséchée par l'hiver. Certains, accablés par le poids de leurs voyages, s'enfonçaient dans la terre humide pour y chercher un bref répit. Ces vagabonds épuisés ne faisaient plus qu'un avec les collines, leur peau sillonnée de crevasses sombres et terreuses et drapée d'un linceul de velours de mousse émeraude.

Un esprit joyeux et enjoué les animait généralement, mais les jeunes loups étaient sujets à des accès de vanité et à une jalousie féroce. Dans leur orgueil, ils se querellaient, leurs escarmouches se déroulant dans les airs, au-dessus des crêtes. Bien qu'ils n'aient pas le grondement profond et tonitruant de la lignée des Gurt Wyrm, leurs cris possédaient une clarté perçante qui pouvait porter à un kilomètre, un atout précieux pour ceux qui s'aventuraient sur les précipices abrupts et couverts de fougères du Somerset.

Les femmes de cette race étaient réputées pour leur remarquable force d'âme. Bien que leur conception du genre fût très différente des catégories rigides des hommes, elles trouvaient leur plus grand plaisir dans la fraîcheur des ruisseaux de montagne ou à errer, libres comme l'air, à travers les bosquets couverts de lichens argentés et les forêts solitaires et balayées par le vent des collines de Quantock.

Écoutez ! Écoutez ! Écoutez leur chant : quel joyeux groupe ils formaient ! Hélas, le temps a rongé leur chair sans violence, avec une inévitabilité implacable. Même dans leur vertu, ils furent souillés, condamnés un jour à entrer dans les grandes annales de l'histoire, non comme une race de wyrms magistrale, mais comme un peuple triste, dispersé et divisé. Les jours des grands banquets et des feux de camp autour des chaumières des Winderwyrms sont révolus, et bien que nous cherchions à les imiter à notre manière, les Winderwyrms sont perdus dans le temps et le hasard.

Aux premières pluies du printemps, lorsque les gouttes percent profondément les fougères des bois encore gelés des collines de Quantock, ils peuvent s'éveiller. Plus difficiles encore à trouver que les Gurt Wyrms, ces Winderwyrms sont souvent confondus par les impatients et les orgueilleux avec le simple souffle du vent dans le vieux houx ou le craquement d'un chêne séculaire. Leur puissance même fait s'épanouir leur nature non binaire, car ils ne sont ni tout à fait de cette terre ni entièrement hors d'elle. Ils demeurent comme des compositions spirituelles entre le Vallon Creux Physique et le Vallon Creux Imphysique, maintenus dans une superposition entropique. Cette profonde errance ne leur convient pas entièrement, d'où leur inquiétude permanente à travers le Somerset, autrefois connu sous le nom de Tharion. Remarquez en quoi ils diffèrent des Gurt Wyrms : ils ne s'installent pas, ne se couvrent pas de mousse, et ne sombrent pas dans l'obscurité confortable d'un long sommeil. Ils errent. Ils cherchent. Ils reviennent.

Leur loi, à la fois marquée par le temps et implacable par le pragmatisme, les a soutenus pendant des siècles. Leur autorité ne provient d'aucune couronne ; elle découle d'une ancienne alliance de réciprocité et de refus. Par là, ils transforment la nature même du monde, offrant des bienfaits de changement et ne récoltant que ce qui peut être préservé, tant spirituellement que physiquement.

Jadis, ils jouaient des airs simples et joyeux. Bien que ces airs aient presque disparu de la surface de la Terre, ils persistent encore dans les mélodies fredonnées que nous fredonnons au gré de nos occupations. Nous ignorons que ces échos à demi oubliés possédaient jadis le pouvoir de faire trembler la terre, ou de pousser un Winderwyrm à tourner sa grande tête carmin vers le son, reconnaissant dans notre souffle une chose qu'il croyait disparue depuis longtemps.

Écoutez bien ! Car ici, le récit prend une tournure étrange. Ces wyrms ne se contentaient pas d'arpenter les collines boueuses et les vallées couvertes de lichen du Somerset. Leurs déplacements incessants entre les Vallons – cette superposition incessante de l'être – leur permirent d'accéder à des contrées totalement effacées des cartes humaines. Ce sont des rivages situés entre l'effondrement d'une vague morale et l'émergence de la suivante, des lieux qui n'existent pleinement que lorsque le regard les découvre. L'une de ces contrées était Farfrey ; et voici ce que les Winderwyrms y trouvèrent, ce que Farfrey leur enseigna, et ce qu'aucun n'a oublié depuis.

La route du ver des vents

Le Gurt Wyrm dort dans les profondeurs de Shervage,
Dans la mousse, les racines et le rouge du grès,
Mais le Winderwyrm ne s'attache jamais
À nulle colline, à nulle litière.

Ils errent là où tombent les formes d'onde,
Entre les vallées de la chair et du rêve,

Ne répondant jamais tout à fait à l'appel,
Pas toujours tout à fait ce qu'ils paraissent.

Au début du printemps, la fougère s'éveille,
Une aile carmin trouble l'air,
Le vieux chêne craque, le houx se trouble,
Et quelque chose d'ancien passe par là.

Leur alliance se résume à ceci :
Prendre ce qui est nécessaire, rien de plus.
Donner ce qui est bon, laisser la pierre
Aussi vivante qu'auparavant.

Et quand les collines du Somerset
Deviennent trop familières et trop immobiles,
Le Winderwyrm n'est pas pour autant parti :
Il a seulement gagné la colline suivante.

Car ils trouveront, entre les pluies
Et les fougères et le gris du matin,
Une terre qu'aucune carte n'a jamais tracée,
Où aller, observer et demeurer.

Interlude : Le pays de Farfrey et le grand règlement de comptes des muffins

Être un récit véridique de l'éthique quantique, de la pâtisserie morale et des Snarleygogs de Grumblesome Hill

Au pays de Farfrey, où les arbres Wumble poussaient dans des teintes innommables dans le Somerset et où le ciel arborait un orange profond et assumé au-dessus d'une herbe d'un bleu tout aussi improbable, l'air était si lourd qu'on aurait pu le mâcher comme du fromage et la chaleur si pesante qu'elle pesait sur les épaules comme une obligation patiente et extrêmement chaude. Rien à Farfrey n'était tout à fait ce qu'il paraissait, ce qui convenait parfaitement aux Winderwyrms.

À Farfrey vivaient certains êtres que tous s'accordaient à qualifier d'énormes et de majestueux. Leurs mains étaient comme d'énormes rochers et leurs Winderwyrms si puissants qu'ils reposaient sur leurs épaules, qu'ils brandissaient dans la chaleur étouffante de Farfrey avec une élégance presque théâtrale. Les Zibbles chuchotaient à leur sujet. Les Plonks le confirmaient. Les maires des Wumble-trees n'avaient aucune autorité sur eux, et la Haute Cour de Splonkish avait tenté une fois d'en discuter, mais préférait ne pas s'y attarder. Les Winderwyrms régnaient sur Farfrey d'une tout autre manière, et ils en étaient suffisamment fiers pour agiter leurs puissants Winderwyrms d'un air qui laissait entendre que la chaleur de Farfrey était entièrement de leur fait, ce que les Wibbles et les Ploops croyaient sans réserve, fondant comme les meilleures soupes chaudes de Farfrey.

Mais là-bas, sur la Colline des Grognons, là où le vent de Farfrey s'était arrêté et où le monde entier retenait son souffle, se cachaient les Gogs-Grognons. Ils étaient trapus, bruyants, leurs gros nez noueux toujours pointés vers le nuage le plus proche, et ils avaient dix-sept mentons chacun, ce qui donnait à leurs grognements une ampleur et une profondeur remarquables. Ils haïssaient les Winderwyrms d'une haine qui aurait été admirable si elle s'appliquait à presque n'importe quoi d'autre. Leur grief était simple : les Winderwyrms possédaient des merveilles, et les Gogs-Grognons aussi, des merveilles noueuses et grandioses, et la chaleur de Farfrey devait, de droit, être leur domaine également.

C'est là que Farfrey devint étrange et curieux, et que les Winderwyrms du Somerset, fraîchement arrivés sur leurs grandes ailes carmin, devinrent importants. Car à leur arrivée, ils constatèrent que personne n'avait encore fait le moindre choix. Les Winderwyrms ne s'étaient pas balancés. Les Snarleygogs n'avaient pas cuisiné. Le grand Farfrey tout entier était comme suspendu, dans un état d'hésitation, ni décidé, ni effondré, ni figé, tel le chat de Schrödinger avant même que quiconque ne songe à l'observer. Rien à Farfrey n'était pleinement résolu. Aucune question morale n'avait été complètement dissoute. Les Winderwyrms du Somerset le comprirent aussitôt et s'installèrent pour observer, car observer était leur point fort et parce que la cuisine de Farfrey exhalait une odeur extrêmement intéressante.

Avant même que le premier muffin ne soit cuit, Farfrey existait à l'état de pur potentiel. C'est la vérité éthique quantique de tous les commencements : aucun résultat moral n'existe tant que la forme d'onde ne s'effondre pas, tant qu'un choix n'est pas fait, une action entreprise, un muffin enfourné.

Les Winderwyrms de Farfrey avaient un plaisir coupable, outre le balancement des Winderwyrms et les crépitements de chaleur : la confection de muffins. Leur cuisine était immense, équipée de spatules de la taille d'un Winderwyrm, de saladiers d'une circonférence considérable, de fours assez grands pour réchauffer une lune modeste et de tasses à mesurer en forme de cuillère. Le plus grand

Winderwyrm, nommé Grosse et qui se comportait avec l'autorité de celui qui occupait ce poste depuis fort longtemps, annonça un jour qu'ils allaient préparer le Grand Muffin, le muffin le plus proche de la perfection, de la beauté, de l'excellence morale, un muffin si vertueux qu'il en rayonnait. Les Zibbles collèrent leur nez contre la vitre chaude et les Plonks prirent des poses d'attention avide.

Les Somerset Winderwyrms s'installèrent le long du haut rebord, leurs ailes carmin repliées et leurs vieux corps immobiles, car eux aussi étaient venus observer et apprendre.

Grosse prit la farine, et c'était le moment décisif, l'instant unique, le point zéro au bas du V, le point de liberté : le choix indécis, la pâte non mélangée, le muffin pas encore abouti. Il se tenait à la croisée des chemins. La branche de droite exigeait de la patience, des mesures précises, du beurre bien fondu, des œufs délicatement incorporés, une pâte parfaitement prise. La branche de gauche était facile : trop de sucre, trop vite, un glaçage jeté à la hâte, rapide et sucré, et aussitôt raté, le muffin de la facilité, la chanson populaire.

Un Zibble s'écria que le muffin facile avait levé rapidement, qu'il était doré et couvert de coulures, et que c'était le muffin le plus populaire de toute la ville. Grosse, tenant son Winderwyrm immobile, répondit qu'ils devaient attendre. Il glissa le muffin rapide dans le four et celui-ci gonfla en un instant pour former un dôme magnifique, et les Plonks poussèrent des exclamations d'admiration sincères.

La plus âgée des Somerset Winderwyrm inclina sa vieille tête. Elle avait déjà vu cela, non pas à Farfrey, mais dans les collines de grès rouge de Cantoc Tor, durant les longues années romaines, lorsque les constructions rapides et faciles étaient accueillies par des acclamations, puis abandonnées, puis s'effondraient, puis se recouvraient de mousse, puis étaient complètement oubliées, au prix de pertes considérables.

Le muffin, cuit à la hâte, vacilla. Il s'affaissa comme dans un brouillard. Il s'enfonça au milieu, se gonfla et tomba, et son odeur de muffin était bien moindre que celle d'autre chose.

Le muffin express, dit Grosse d'un ton parfaitement calme, s'était affaissé exactement comme prévu. Le choix hâtif finit toujours par se retourner contre soi, car la valeur intrinsèque du mal est inéluctable.

La plus âgée des Winderwyrm émit un son, grave et chaleureux, pas vraiment un mot, mais quelque chose qui emplit la pièce. Autrefois, dans le Somerset, raconta-t-elle, quand les Zibbles levèrent les yeux, ils l'avaient appris à leurs dépens. Les Romains construisaient vite leurs routes et leurs pierres, et les collines de Quantock leur ont survécu. Ils ont observé et attendu. Ils le font toujours. La lenteur est la vérité. La lenteur finit par s'imposer.

Le muffin rapide représente le choix éthique fait à la hâte, sous la pression, pour une récompense immédiate. Sa valeur, au moment où elle apparaît, est réelle mais encore intacte sur le plan moral. Lorsque la vague se stabilise enfin et que la véritable nature du muffin se révèle, sa valeur est toujours réduite de moitié. Les Winderwyrms, qui avaient passé plusieurs milliers d'années en superposition entropique entre deux Vallons Creux, auraient pu le dire à n'importe qui, n'importe quand. Personne n'avait songé à le leur demander.

Sur la Colline des Grognons, à travers le fourré d'arbres des Moufles, les Gogs-Grognons entendirent parler du délicieux biscuit des Winderwyrms. Ils l'appelaient biscuit car, pour eux, muffins et biscuits étaient la même chose, ce qui est faux et qui est peut-être le premier signe de malheur.

Ils entrèrent en titubant dans leur cuisine grise, leurs mains noueuses et énormes, dans un état de colère notoire, et s'emparèrent de toute la farine qu'ils déversèrent à la hâte. Ils ajoutèrent le sucre en une avalanche, puis dix-sept œufs, puis du beurre, puis de la rancune. Oui, de la rancune, car la recette des Snarleygog exigeait deux tasses de rancune et une bonne dose d'amertume, et leur chef lut sur son parchemin que si l'on ajoutait ne serait-ce qu'une tasse de la faute d'autrui, le muffin lèverait plus vite et aurait exactement le même goût.

Une jeune Winderwyrm, encore toute verte et fraîche, avait suivi les Snarleygogs à travers le fourré des Wumble-trees et jetait un coup d'œil par la vitre de la cuisine avec l'expression de quelqu'un qui en avait déjà vu dans les cuisines. Durant les longues années romaines sur les rivages de Bretagne, elle avait vu des légions bâtir ce qu'elles oublieraient plus tard : des murs construits à la hâte, des décisions hâtives, des ponts construits à la hâte, un orgueil démesuré, puis, inévitablement, l'effondrement intérieur.

Les Zibbles qui s'étaient éloignés du groupe principal dirent successivement « oh là là » et « oh mon Dieu », et remarquèrent que du ressentiment s'était ajouté, ainsi que quelques ennuis.

Le muffin Snarleygog entra dans le four et s'éleva comme un monument grandiose, le plus grand muffin de tout le pays de Farfrey, et les Snarleygogs poussèrent des cris de joie, défilèrent et tournoyèrent, ce qui était un exploit difficile pour des êtres aussi noueux, et déclarèrent qu'ils avaient vaincu les grands Winderwyrms, que leur muffin était le meilleur, qu'il avait passé tous les tests.

Le plus âgé des Zibble, d'une sagesse hors du commun, propre à ceux qui ont vu s'effondrer d'innombrables formes d'onde, dit simplement : attendez. Attendez. Laissez le temps faire son œuvre. La forme d'onde n'est pas stabilisée. Elle n'a pas encore fini de décliner.

Et lentement, très lentement, le muffin retomba. Le plus grand et le plus gros muffin devint le plus brun, puis le plus légèrement brûlé, puis le plus légèrement gris, puis le plus légèrement immangeable, puis fut jeté.

Les Snarleygogs rugirent que c'était impossible, qu'ils avaient suivi leur recette avec soin, utilisé toute leur rancune et toute leur méchanceté, et qu'ils ne comprenaient pas pourquoi leur grand muffin n'avait pas été réussi.

Le plus âgé des Zibble s'avança et parla d'une voix cristalline, enveloppée d'une douce fumée de Farfrey. Le muffin Snarleygog avait été le choix de facilité parmi les débris moraux : il levait sans effort, paraissait plutôt bon, mais sa valeur était toujours à moitié réelle. Le muffin cuit rapidement, amer à l'intérieur, deviendrait toujours, avec le temps, un péché d'onde effondrée. Les Winderwyrms cuisaient lentement, leur muffin prenait soin, leur muffin prenait plus de temps, mais leur muffin restait là.

Le Wyrm vert des vents revint en volant sous la pluie pour se poser près de l'aîné et dit seulement ceci, dans la langue du vieux fil de sang de wyrm : ils lui rappelaient les jeunes, avant, quand les Wyrms des vents se battaient sur les flancs des collines et demandaient à quoi servaient les choses, quand ils pensaient que les plus rapides et les plus bruyants gagneraient, avant qu'ils n'apprennent la patience, avant qu'ils ne mûrissent.

La plus âgée des Winderwyrm garda le silence un long moment. Puis elle émit de nouveau ce même son, bas et doux, ni tout à fait une approbation, ni tout à fait une consolation, quelque chose de plus ancien : le son de l'observation.

Le muffin Snarleygog illustre un principe fondamental de l'éthique quantique : le mal ou la laideur, en tant que choix moral, atteint rapidement une valeur initiale. Sa forme d'onde s'effondre presque instantanément en une forme impressionnante, mais finalement instable. La valeur du muffin Snarleygog à son apogée est, selon la loi de l'éthique quantique, exactement la moitié de celle du muffin Winderwyrm à son apogée. Il ne s'agit pas d'une punition, mais simplement d'une loi mathématique.

La nouvelle se répandit comme une traînée de poudre à Farfrey : un concours de pâtisserie se préparait, une compétition acharnée, et les Winderwyrms et les Snarleygogs prétendaient chacun au titre du meilleur muffin et à la gloire. Les Zibbles dressèrent une immense table au centre de Farfrey, près de l'écurie du vieux Wumble, et toutes les créatures de Farfrey se retrouvèrent sur place : les Ploops, les Wibbles, les Snorfs avec leur groin. Les Winderwyrms du Somerset s'installèrent le long du vieux mur, ailes carmin repliées, non pas juges, ni pâtissiers, ni devins du destin, mais simples observateurs, ce qui avait une importance considérable.

Même votre narrateur est passé par là, essuyant la sueur de son front dans un bleu à la Farfrey, depuis le coin de Brimble et Squee, pour observer la grande cuisson et se prélasser au soleil.

L'aînée des Zibble annonça les règles : chaque boulanger devait choisir sa méthode de préparation, et l'observatrice morale veillerait attentivement sur lui. Observer, expliqua-t-elle, était l'essence même de la chose. L'effondrement quantique de tous les muffins et rois dépendait non seulement du boulanger, mais aussi de ceux qui observaient ses gestes. La valeur K, score d'efficacité de tous ceux qui observent, réfléchissent et explorent les dimensions morales de la pâtisserie et du goût, détermine la valeur accordée à la précipitation.

Les Winderwyrms le savaient au plus profond de leur être. Leur pacte de réciprocité, inscrit non dans la pierre mais dans la superposition vivante des deux Vallons Creux, avait toujours affirmé que le rôle de l'observateur dans l'effondrement de la forme d'onde relevait d'un art moral. Bien observer, c'est contribuer au bien accompli. Mal observer, c'est laisser l'ensemble sans examen.

Les Snarleygogs, ricanant, affirmèrent que leur muffin n'avait besoin de personne et retournèrent en trombe dans leur cuisine. Les Winderwyrms ne dirent rien. Ils hochèrent la tête et, lentement, commencèrent à mélanger leur pâte avec patience et fluidité. Ils mesurèrent chaque tasse avec une minutie toute particulière. Ils incorporèrent les œufs avec une précision rare. À mi-chemin, les Snarleygogs annoncèrent qu'ils avaient pratiquement gagné.

La foule se pencha et observa, et cette observation était cruciale. Les muffins Snarleygog, dorés, gonflés et parfaitement ronds, étaient les plus beaux muffins que l'on ait jamais vus, pendant trente-deux secondes seulement avant de s'effondrer, creux au milieu, avec une odeur plutôt désagréable. La rancune et la haine désormais exposées au grand jour transformaient ces beaux muffins en quelque chose de bien moins glorieux.

Les Winderwyrms firent leur apparition. Moins hauts. Moins imposants. Mais d'une perfection absolue, chacun soigneusement conçu. Ils conservaient leur cime arrondie, leur parfum chaleureux et étaient de véritables petits pains consistants, impossibles à renverser.

Le public a goûté les deux. Le muffin Snarleygog était d'une douceur intense pendant un instant, puis cendré et complet. Le muffin Winderwyrm mettait plus de temps à emplir le palais, mais sa saveur, une fois installée, s'exaltait comme une mélodie.

La plus ancienne des Winderwyrm ne mangea ni l'un ni l'autre. Elle resta assise, observant la pièce avec le calme de cette pratique ancestrale, celle des collines grises de Quantock, qui consiste à observer le résultat sans intervenir. Puis elle émit de nouveau le son, et cette fois, il porta. Chaque créature de Farfrey l'entendit et s'attarda. Ce n'étaient pas des mots. C'était plus ancien que les mots. C'était le son de quelque chose qui a assez attendu et qui a découvert, sans triomphe ni chagrin, sans envie ni rancune, que la chose lente était vraie et que la chose vraie était juste.

La foule criait que les Winderwyrms avaient triomphé, que le muffin lent était le bon, le muffin authentique. Les Snarleygogs crachaient, protestaient et rugissaient, mais même eux, au fond, étaient vaincus.

La foule qui observait la cuisson n'était pas passive. Leur observation, leur attention morale collective, contribuait à l'efficacité, ou valeur K, du résultat final. Un muffin cuit en secret, sans être observé, finira lui aussi par se décomposer, mais l'accumulation des observations morales accélère la reconnaissance de sa véritable valeur. Les Winderwyrms l'avaient compris grâce à une longue pratique. Leur valeur K, accumulée au fil des siècles d'observation patiente depuis les collines couvertes de lichen du Somerset, était considérable. Et Farfrey la ressentait.

Voici maintenant la partie que les Zibbles avaient gardée, celle que les Ploops désiraient le plus ardemment, celle où le vieux Farfrey obtint enfin la réponse à la question de savoir pourquoi le muffin lent avait survécu au muffin des Snarleygogs.

La plus âgée des Zibble, qui avait dix-sept mentons de moins que les Snarleygogs et une sagesse considérablement supérieure par menton, monta sur la table et s'adressa ainsi à Farfrey. Elle leur expliqua que la leçon des muffins ne résidait pas dans le vainqueur, mais dans la forme de tous les muffins sous le même soleil. Si l'on additionnait la bonté de chaque grande fournée que les Winderwyrms avaient préparée depuis la toute première récolte de farine Farfrey mélangée dans le grand bol Farfrey, la somme de cette bonté atteindrait son intégralité. Elle grandit sans cesse, lentement certes, mais elle grandit, tandis que la somme du mal diminue partout où elle va, car le total des Snarleygogs, quoi qu'ils fassent, ne représentera jamais que la moitié du grand tas des Winderwyrms.

Voici l'Oméga : la somme de toutes les sommes, la bonté agrégée qui se déverse sans cesse. Car le mal finit par se réduire à moitié, une ombre de bonté à jamais. Chaque muffin cuit chaque jour est un choix au fond du V, et la bonne voie est plus lente que la mauvaise, mais c'est la bonne voie. Le muffin humide vous noie dans le sucre et le péché, tandis que le muffin sec est patient et finit par l'emporter. Et celui qui l'observe, qui veille attentivement, ajoute sa valeur K à l'air pur.

La plus âgée des Winderwyrms se leva du mur. Elle était assez âgée pour se souvenir d'avant la chute des voies romaines, d'avant le long sommeil, d'avant que la première Winderwyrm n'ait appris ce que signifie vivre en équilibre entre le monde tel qu'il est et celui qu'il a toujours été. Elle ne parlait pas en rimes, car les Winderwyrms ne l'ont jamais fait. Elle parlait à l'ancienne, à la manière du Somerset, avec des mots simples, de longs silences et des choses dites simplement, comme les collines de Quantock parlent dans le fil gris de l'aube, avant que les fougères ne se soient éveillées.

« Nous sommes restés très longtemps dans la superposition », dit-elle. « Nous ignorions quand nous atteindrions notre propre Oméga. Nous savions seulement que l'errance était essentielle, que l'observation était essentielle, et que le fait de ne pas choisir trop vite était essentiel. Le Vallon Creux entre nos deux états d'être n'était pas une punition. C'était une épreuve de patience. Et la patience, lorsqu'elle est suffisamment longue, devient une valeur que même les mathématiques finissent par respecter. »

Les Winderwyrms restèrent immobiles. Les Snarleygogs se déplacèrent et leurs grognements cessèrent. Le plus jeune des Snarleygogs, avec seulement neuf mentons, demanda à voix basse s'ils pouvaient apprendre comment commencer à faire de la bonne pâtisserie.

Les Winderwyrms se retournèrent. Un long silence. Puis : oui, dirent-ils, car la bonté existe ainsi. Elle n'a besoin ni d'ennemis ni d'adversaires. Elle mesure. Elle se plie. Et grandit patiemment.

La plus âgée des Winderwyrm aplanit ses ailes et ne dit plus rien. Elle en avait assez dit. C'en était assez.

Alors, tous ensemble, ils préparèrent le dernier muffin : les Winderwyrms, les Snarleygogs, les Zibbles, toujours exultant de joie plutôt que de fureur, les Ploops, les Wibbles, les Snorfs et les chers Farfrey. Les Winderwyrms du Somerset observaient du haut du mur, leurs congénères aux teintes carmin et verte présents, ajoutant leur valeur K, ancestrale et méritée, à la bonté collective si patiemment acquise. Ils mesurèrent la farine dans une tasse commune avec soin, incorporèrent la pâte délicatement, la déposèrent avec patience dans le grand four et, sans dispute ni bousculade, elle leva. Lentement. Parfaitement. Authentiquement.

Le plus délicieux muffin que Farfrey ait jamais connu. Ni aussi haut que l'orgueil démesuré des Snarleygogs, ni aussi tape-à-l'œil, ni aussi rapide à lever, ni aussi gonflé qu'on le croit, mais doré, ferme et parfait, avec un parfum exquis et une chaleur incomparable.

Votre narrateur, toujours à l'angle de Brimble Street et de Squee, en prit une bouchée. Si les muffins pouvaient révéler le sens du bien, celui-ci aurait parlé de patience et de choix, du V et de ses branches, de la voix apaisante du Zibble, de la somme Oméga où converge toute bonté, de la vie digne et des ailes carmin des Winderwyrms, et de quelque chose d'autre encore, quelque chose de plus ancien et de plus vaste, quelque chose qui avait traversé les flots du Somerset et était arrivé dans cette contrée aux herbes orange et bleues pour observer, patienter et se tenir tranquille.

Peut-être, dit votre narrateur en s'essuyant le menton, que l'important n'était pas de savoir qui gagnerait. Peut-être que l'essentiel, c'était la façon dont on cuisine, ce qu'on choisit d'offrir les uns aux autres.

Les Snarleygogs hochèrent leurs dix-sept mentons. Et Farfrey rayonnait d'une douce chaleur, là où commence la lente bonté.

Les Winderwyrms s'élevèrent sur leurs grandes ailes carmin, tournèrent une dernière fois au-dessus de Farfrey et de tout ce qui s'y trouvait, puis s'envolèrent vers le Somerset, vers les collines, vers les fougères, les lichens et les mares humides du matin de Shervage Wood et des vastes collines de Quantock, où leurs cousins Gurt Wyrms dorment encore dans les flancs de l'ancien grès rouge que Caelir a illuminé. Ils ne dirent pas adieu. Les Winderwyrms ne le font jamais vraiment. Ils ne laissèrent que la mélodie, basse, simple et vraie, l'air que nous sifflons tous lorsque nous travaillons seuls, ignorant qu'il fit jadis trembler et gémir la terre, ignorant qu'il portait un message de contrées où le ciel était tout orange et où le muffin exige patience et bonté de celui qui le cuit, et honnêteté de ceux qui le confectionnent.

Et la chaleur ? Eh bien, la chaleur était parfaite. C'est toujours le cas quand on partage le bon muffin.

Le dernier muffin de Farfrey n'est pas l'œuvre d'un seul grand boulanger ni d'une force dominante. Il est le fruit de l'ensemble : la somme de tous les choix moraux, de toutes les mesures précises, de tous les pliages patients et de toutes les lentes levées. C'est l'Oméga : non pas un point d'aboutissement, mais un point d'accumulation. Le mal, comme l'a prouvé la méthode de Snarleygog, ne peut jamais l'atteindre. Sa valeur sera toujours réduite de moitié. Mais la bonté, lente comme le marbre plutôt que rapide comme le plâtre, perdure. Elle résiste à la chaleur. Elle résiste aux murmures. Les Winderwyrms, qui avaient patienté en superposition entropique entre les Vallons Creux plus longtemps que Farfrey n'avait existé, comprenaient l'Oméga non comme une formule, mais comme une chose vécue : une chose à laquelle on parvient non pas en se précipitant, mais en persévérant.

Chapitre IV : Rome au bord du rivage

Vers 400 apr. J.-C., les légions romaines, dispersées sur un empire en déclin, projetaient leur ombre culturelle sur le Somerset, tandis que l'édifice lui-même commençait à vaciller. Les gouverneurs régnaient encore depuis Aquae Sulis, cette grande cité thermale de pierre, exigeant toujours un tribut et rêvant toujours d'un ordre éternel, tandis que la Bretagne leur échappait comme de l'argile humide entre des doigts qui se referment.

Les Jinglewyrms s'allièrent aux gouverneurs durant ces dernières années, troquant d'anciens secrets contre des titres romains et la protection des autorités. Ils révélèrent des sources sacrées, des filons de minerai cachés, des sentiers à travers les marais, conservés depuis mille ans uniquement dans la mémoire des wyrms. En retour, on leur octroya le titre vide de sens de Custodes Litoris, Gardiens de la Côte, qu'ils portèrent comme une armure, la polissant chaque jour à la manière de leurs écailles de cuivre.

Le paysage était découpé par les strates, les routes rectilignes fendant la terre mouvante comme des lances. La Fosse Way coupait la campagne du Somerset avec une arrogance que les Gurt Wyrms jugeaient obscène. Pour eux, les routes étaient des chaînes de fer qui contraignaient la terre mouvante à des formes permanentes et prévisibles. Chaque borne était une affirmation : Ici. Pas là. Ceci. Pas cela. Les Romains mesuraient tout. Ils comptaient les arbres du bois de Shervage pour le bois d'œuvre, estimaient le débit des cours d'eau pour les moulins, arpentaient les collines pour les fortifications, réduisant le monde vivant à une ressource à recenser.

Les Jinglewyrms participèrent à tout cela, convaincus, avec une sincérité tragique, d'œuvrer à l'avènement de l'illumination. Les Gurt Wyrms, tapis dans l'ombre des profondeurs de la forêt, observaient la scène et pleuraient non pas avec colère, mais à la manière des choses anciennes : silencieusement, lentement, comme la mousse recouvre ce qui a disparu.

L'augur romain et le grand journal de Shervage

Il existe une histoire, non consignée dans aucun document romain (car les documents romains ne relataient pas ce qui pouvait donner l'impression à leurs auteurs d'être ridicules), à propos d'un augure nommé Decimus, envoyé au IIIe siècle après J.-C. pour évaluer le potentiel forestier du bois de Shervage. Il était accompagné d'arpenteurs, d'une tablette de cire et de la conviction absolue de pouvoir compter et catégoriser tout ce qu'il rencontrait. Il pénétra dans le bois un matin de fin octobre, alors que l'ail des ours avait fané mais laissait encore son empreinte dans l'air humide, une forte odeur verte qui inquiéta les arpenteurs. Le bois était plongé dans un silence profond. Non pas le silence du vide, mais le silence de l'attention.

Il tomba sur ce qui semblait être un très grand chêne abattu, couvert de mousse et très ancien. Il en calcula le volume en pieds-planche. Il lui attribua une catégorie sur sa tablette de cire : Materia, catégorie trois, convenant à la construction navale. Il s'apprêtait à poursuivre son chemin lorsqu'un des jeunes géomètres, un jeune Gaulois arrivé en Bretagne au printemps précédent, dit à voix basse : « Monsieur, je crois qu'il respirait. »

Decimus le regarda avec l'expression de quelqu'un qui a passé trente ans à apprendre à ne voir que ce qui est utile. « Le bois, dit-il, ne respire pas. »

Il écrivit sa catégorie et passa à autre chose. Le jeune Gaulois n'ajouta rien. Il avait vu la mousse bouger. Il ne mangea plus jamais d'ail des ours de toute sa vie. Dans sa retraite à Lugdunum, certains matins d'automne, il se réveillait de rêves où une forêt l'observait avec une patience si profonde qu'elle faisait paraître tout l'Empire romain comme un bref après-midi.

Le centurion qui, plus tard, apporta ses chaînes d'arpenteur à la lisière orientale du bois, cherchant à tracer une route au cœur du Sommeil du Wyrm, ne vit qu'un obstacle sur la ligne droite de l'Empereur. La route ne fut jamais construite. La Voie de la Fosse contournait le bois.

Le poème du guetteur

La route était droite comme le veut la volonté romaine,
À travers les marais, les sources et les chemins anciens,
Elle transperça le bois et atteignit le sommet de la colline.
Et il nomma le monde vivant son argile.

Ici. Pas là. Ceci. Pas cela.
La borne kilométrique s'enfonça dans la pelouse.
Le Jinglewyrm enroulé, plat et brillant,
Et il l'appela Dieu, celui qui a posé les jalons.

Ils ont donné les sources, le minerai caché,
Les sentiers des marais que seuls les sang-wyrms connaissaient,
Et portait le titre de Custodes lore
Comme si un nom pouvait rendre les choses vraies.

Le Gurt Wyrm observait depuis les profondeurs de Shervage,
Alors que les lignes de ley se courbaient vers la pierre taillée
droite,
Et ne pouvait se réveiller du sommeil
De quoi pleurer ce qu'il avait connu.

Car le deuil au temps du ver n'est pas rapide,
Il pousse comme de la mousse sur ce qui a disparu.
Le lent, le calme, le constant :
Il endure son deuil même après que l'espoir s'est dissipé.

Chapitre V : L'accusation de trahison

Du fond des vallées de Shervage, les Gurt Wyrms proclamèrent leur décret silencieux et tonitruant, dont les vibrations se répandirent à travers les racines et les pierres de tout le Somerset. L'alliance entre les Jinglewyrms et les Romains était, aux yeux du pacte des Gurt Wyrms, une trahison. C'était une conception ancestrale, plus ancienne que les collines elles-mêmes et bien plus ancienne que n'importe quelle route que les Romains aient jamais tracée : la terre appartient à elle-même et non à ceux qui ne font que la fouler.

Les Jinglewyrms avaient troqué la richesse de leur être contre le confort des définitions. Ils avaient vendu leur héritage pour le plaisir superficiel et tiède de connaître leur place. Dans leur chant profond et tectonique, les Gurt Wyrms dépeignaient Rome comme une force dévorant le monde en le nommant. Chaque mot latin apposé sur un être vivant était une petite mort : il saisissait le mystère mouvant et vibrant de l'existence et le réduisait à une simple ligne dans un registre. En rejoignant cette entreprise, les Jinglewyrms étaient devenus rouages de la machine qui consume la nature sauvage, qui transforme la forêt en ressource forestière et la source sacrée en nappe phréatique.

Les Gurt Wyrms envoyèrent un émissaire, un être ancien, mi-chêne mi-serpent, qui traversa les bois à la lenteur des siècles. Le message était simple : renoncer à Rome, ou être reniés par la terre elle-même. Les Jinglewyrms, drapés de leurs titres romains, leurs écailles polies comme des miroirs, refusèrent.

Ils avaient oublié comment entendre le langage du seuil. Tandis que les Gurt Wyrms se préparaient à l'inévitable, ils regrettaient l'époque où tous les wyrms ne faisaient qu'un, où la distinction entre colline et rivage n'était qu'une question géographique et non philosophique. Ils pleuraient l'avenir désormais impossible.

Le décret

Renoncez-y maintenant, dit la tectonique,
À travers les racines, le limon et l'argile ancienne,
La terre n'appartient pas aux morts
Ni ceux qui ne font que passer.

Pour vendre la source, pour nommer le bois,
Pour indiquer aux Romains où se trouvent les minerais,
L'illumination n'est-elle pas bonne ?
C'est une chose déjà faite.

Le Jinglewyrm en cuivre brillant
Avait si bien appris la langue de l'Empire
Qu'il n'entendait plus le droit ancestral,
La loi qu'il connaissait dès son plus jeune âge.

Revenez, revenez, sonna le décret,
À travers la pierre de Quantock et le rivage de Kilve,
Mais l'armure du Jinglewyrm chantait avec éclat.
Et elle resta brillante, et rien de plus.

Alors pleurez la chanson qui résonnait autrefois comme une
vérité,

La colline et le rivage dans un même souffle,
Le Gurt Wyrm pleurait l'ancien, le nouveau,
Et puis il a préparé la chose comme la mort.

Chapitre VI : La mise à mort des Jinglewyrms

Les Gurt Wyrms dévalèrent la crête comme un glissement de terrain animé d'une conscience nouvelle. Ce n'était pas le mouvement d'une force guerrière, mais quelque chose de plus ancien et d'inéluctable : le mouvement de la terre elle-même, réaffirmant sa nature. Le choc n'était pas entre égaux, mais entre la montagne et le métal, entre la pierre ancestrale du Somerset et l'ordre impérial importé.

Les cloches des Jinglewyrms sonnèrent d'abord l'alarme, puis la confusion, avant d'être réduites au silence dans un terrible fracas cristallin par le poids écrasant des collines. Elles furent ensevelies sous un limon rouge que les carriers prendraient, des siècles plus tard, pour de simples sédiments. Les Gurt Wyrms ne combattaient pas comme les Romains. Ils ne formaient pas de lignes, n'obéissaient à aucun ordre, ne recherchaient aucune gloire et ne proclamaient aucune victoire. Ils se mouvaient comme l'eau, comme les racines, avec une inévitabilité qui se passe de tout artifice. Ils ne tuaient ni par les dents ni par les griffes, mais par une réalité plus fondamentale que ne pouvait supporter la certitude illusoire des Jinglewyrms.

Ce n'était pas un triomphe. Les Gurt Wyrms eux-mêmes le percevaient comme une taille impitoyable, l'abattage douloureux d'une branche infectée pour sauver l'arbre plus grand. Ils pleuraient en accomplissant cet acte, leurs voix puissantes et telluriques portant leur chagrin à travers chaque racine, des collines de Quantock jusqu'à Exmoor. Ils déploraient la perte du chant des cloches, tout en sachant que ce chant était devenu un poison, un vecteur de la logique dévorante de l'empire. Les cloches qu'ils réduisaient au silence avaient jadis été magnifiques. C'était là toute la tragédie.

Lorsque la marée remonta et recouvrit le rivage où les Jinglewyrms s'étaient enroulés, le cuivre et l'argent avaient perdu leur éclat, oxydés par le sel et le chagrin. Les Jinglewyrms n'étaient pas détruits, mais défaits, retournés à l'informe qu'ils avaient jadis plus redoutée que tout. Leur besoin désespéré d'une identité fixe se relâcha enfin. Pendant trois jours et trois nuits, aucun oiseau ne chanta sur la côte du Somerset. La terre elle-même connut une période de deuil pour ce qui aurait pu être, pour l'avenir où les wyrms des collines et du rivage auraient pu trouver le moyen d'honorer à la fois la fluidité et la forme sans détruire ni l'une ni l'autre.

La chanson de la marche musicale

Ils sont arrivés comme les eaux d'un déluge,
Lorsque les racines remontent à travers l'argile,
Ni rage, ni gloire, seulement du sang
Des liens familiaux rompus et pleurés.

Aucune ligne ne fut tracée, aucun cri de guerre ne fut lancé,
Aucun étendard n'a été hissé au-dessus des morts,
Seuls les échanges nécessaires
De ce qui doit passer pour ce qui reste.

Les cloches sonnaient d'un éclat cuivré limpide.
Puis, brisée sous le poids du sel et du chagrin,
La colline descendit sans aucune peur
Ni triomphe, seulement le fardeau de l'être.

Ils pleurèrent, les Gurt Wyrms, en coupant
La branche qui était devenue un fléau,
Le chant des cloches, beau et silencieux
Je ne sonnerais plus jamais sur le rivage.

Pendant trois jours, aucun oiseau n'a chanté sur la longue plage
de Kilve,
La terre a gardé le chagrin comme seule voie
Une terre peut la conserver, hors de portée
Du nom, du mot ou du jour romain.

Chapitre VII : La tutelle de la terre

Les Gurt Wyrms se retirèrent dans les hautes landes où la bruyère fleurit comme du vin répandu sur les flancs des collines, et là ils devinrent la vie secrète au sein des myrtilles, leurs corps anciens se confondant de plus en plus avec la lande elle-même.

Ils devinrent les protecteurs des poneys d'Exmoor, réchauffant l'air hivernal et guidant les poulains égarés à travers la brume par instinct plutôt que par dessein. Ils disparurent complètement du regard des hommes, devenant ce que les humains commencèrent à appeler la Grande Bûche, ou la Crête Moussue, prise pour un paysage par ceux qui avaient appris à ne voir qu'avec des yeux romains.

Ils gardaient les terres communes sauvages, ces lieux où le droit romain et l'utilité humaine craignaient encore de s'aventurer. Là où dormaient les Gurt Wyrms, la terre se souvenait de ses anciennes coutumes. Les chemins rectilignes se sont à nouveau tortueux avec le temps, les frontières se sont estompées, les catégories bien définies de l'agriculture romaine se sont effondrées. Les cultures poussaient en d'étranges spirales. Le bétail regagnait ses troupeaux par des routes qui ne figuraient sur aucune carte. Les Gurt Wyrms appréhendaient le temps profond d'une manière que les empires ne sauraient comprendre : ils savaient que les empires n'étaient que des fièvres passagères et que la terre survivrait à toutes les routes qui l'avaient jamais sillonnée.

À ceux qui avaient encore des oreilles pour entendre, les marginaux, les vagabonds et ceux qui refusaient toute catégorisation, les Gurt Wyrms chantaient encore leur loi ancestrale. Ils enseignaient le vieil enseignement : protéger n'est pas posséder, aimer n'est pas fixer, nommer n'est pas toujours connaître. C'était un enseignement que les Jinglewyrms avaient entendu et fini par oublier. C'était un enseignement que les Winderwyrms portèrent vers l'ouest, par-delà la frontière entropique, jusqu'au Pays de Farfrey, où il parvint, comme tous les véritables enseignements, sous la forme de quelque chose de pratique, de réconfortant et de comestible.

Je ne suis pas ceci, je ne suis pas cela

Au fil des ans, ils sont devenus la colline elle-même,
La myrtille, racine et crête,
Hors de portée des craintes romaines,
Au-delà du pont balisé et mesuré.

Les poneys se sont retrouvés grâce à la chaleur.
Le Gurt Wyrm respirait l'obscurité de l'hiver,
Le poulain, à travers un brouillard aveuglant, s'avança
Par rien de visible : une étincelle.

Protéger, ce n'est pas posséder.
Aimer, ce n'est pas retenir ni réparer,
Nommer, c'est ne pas connaître la chair
De la vie qui se cache entre les branches.

Ils chantèrent cette loi à ceux qui les entendaient,
Les vagabonds hors du cadre,
Ceux qui ne pouvaient pas être le mot
Qu'un comptable quelconque soit venu

Pour les consigner ainsi. Ces quelques âmes
J'entendais encore le Gurt Wyrm dans la brume
Et apprit la loi des totalités patientes
Et ce à quoi la terre ne résiste pas.

Chapitre VIII : L'erreur du bûcheron

Des siècles plus tard, bien après que Rome se soit effacée en un amas de pierres à demi oublié et que le latin se soit mué en une langue tout autre, un bûcheron pénétra dans le bois de Shervage. Il était l'héritier, sans le savoir, de la mentalité romaine utilitariste. Il n'avait jamais entendu parler latin, n'éprouvait aucune passion pour l'empire, et était, à bien des égards, un homme ordinaire, armé d'une hache ordinaire et ayant un besoin ordinaire de bois. Mais on lui avait appris, comme à tous ceux qui l'entouraient depuis mille ans, à considérer le monde comme une ressource, comme du bois et du combustible, comme un ensemble de biens destinés à l'homme.

Il découvrit un Gurt Wyrm endormi, d'une ancienneté inimaginable pour un être humain, un être à la conscience profonde et patiente qui rêvait lentement de géologie depuis avant même que l'arrière-arrière-grand-père du bûcheron ne rende son premier souffle. Le bûcheron le contempla et n'y vit qu'un chêne massif, abattu et mûr pour la récolte. Il passa la main sur l'écorce écailleuse et calcula le volume de bois nécessaire. Il imagina des meubles, des poteaux de clôture, du bois de chauffage. Il affûta sa hache sur sa pierre à aiguiser, le bruit du frottement rompant le silence profond du bois. Le Gurt Wyrm, rêvant de grès et du temps suspendu, ne se réveilla pas.

Le coup de hache fut la Rupture Finale, l'acte violent d'un monde qui exige que tout soit réduit à l'état d'objet, à découper, à mesurer et à vendre. La lame s'enfonça profondément. Le Gurt Wyrm s'éveilla dans une agonie terrible, son cri résonnant comme un tremblement de terre, ressenti dans chaque racine, des collines de Quantock à Exmoor. Tandis qu'un mélange de sang, de sève et de souvenirs jaillissait de la plaie, le bûcheron comprit enfin son acte. Le chêne respirait. La mousse bougeait. Les yeux qui s'ouvrirent étaient plus anciens que son langage. Mais la compréhension arriva trop tard pour empêcher la tragédie, et ne put désormais qu'aggraver les choses.

Le bûcheron et son souci

Il a vu du bon bois dans le grain,
Il vit des pieds de planche et les besoins de l'hiver,
Il leva la hache, sans haine, sans douleur,
De la simple cupidité humaine.

La pierre à aiguiser racla le sol. Le silence fut rompu.
Le Gurt Wyrm rêvait de pierres plus anciennes.
Il mesura ce qui semblait être du chêne.
Et il leva la lame. Il était seul.

Aucun Romain ne lui a dit ce qu'il devait voir.
Aucun édit n'a encadré la chute de la hache.

Mille ans d'héritage
J'avais fait ce travail, et j'avais tout fait.

La lame s'enfonça profondément. Le bois expira.
La mousse bougea. Des yeux d'un passé lointain.
Ouvert trop tard pour parler ou crier
Avant que la compréhension ne soit claire.

Il est trop tard pour savoir. Il est trop tard pour se soucier des
autres.
La lente catastrophe n'a pas de nom
Tout à fait ordinaire là-bas :
Les mêmes, bien intentionnés et prudents.

Chapitre IX : La Fracture

Le Gurt Wyrm fut tranché en deux moitiés sanglantes : tel était le Binaire Forcé, la plénitude de la créature et l'ambiguïté sacrée de sa nature déchirées par la lame de l'utilité. Ce qui était un devint deux. Ce qui était les deux devint ni l'un ni l'autre. La blessure n'était pas seulement physique, mais ontologique, une rupture dans la possibilité même d'exister hors des catégories. Dans l'agonie et la confusion, les deux moitiés rampèrent dans des directions opposées, poussées par un instinct plus ancien que la pensée : survivre, fuir, trouver un lieu où le monde conservait encore un sens.

Mais chacune était incomplète, et chaque moitié conservait le souvenir de la plénitude sans pouvoir l'atteindre seule. L'une recula vers Bilbrook, se traînant dans le terreau de feuilles mortes, laissant un sillon qui deviendrait un ruisseau. L'autre se dirigea vers Kingston St Mary, écrasant les fougères sous son poids, cherchant un abri qu'elle ne trouverait jamais. L'unité ancestrale était perdue. La terre devint un lieu de moitiés cherchant le tout dont elles ne se souvenaient plus.

Chacune des deux moitiés trouva un creux et s'y enroula. Au fil des jours, des semaines, des mois, elles se transformèrent en pierre, puis en fossile, puis enfin en strate, une couche de plus dans le grès rouge que Caelir avait jadis illuminé de sa propre couleur. La terre les accueillit à nouveau, mais la paix n'y régnait pas. La géologie elle-même portait désormais la cicatrice de leur séparation. Certaines nuits, lorsque le brouillard est épais et que la frontière entre le passé et le présent s'amenuise, les habitants de Bilbrook et de Kingston St Mary font le même rêve : celui de chercher quelque chose d'essentiel perdu, d'être incomplet, de tendre la main par-delà une distance infranchissable pour des retrouvailles qui n'auront jamais lieu.

Une ancienne comptine sur pierre

Quelle plénitude tenait en une seule forme,
Fendue en deux par la lame utilitaire :
Le juste milieu sacré, le ni-ni,
Réduit à un binaire forcé.

Une moitié rampa vers l'ouest, vers les feuilles de Bilbrook,
Laissant un sillon, creusant un ruisseau,
L'autre vers l'est, par les fougères, vers Kingston,
En quête d'un rêve impossible.

Elles se lovèrent dans les creux. Elles se firent pierre.
Devenues fossiles. Devenues rouges.
Grès et strate, gisant seules,
Sans trouver la paix, quoi qu'en dise la terre.

Rentre chez toi. Rentre chez toi. La terre l'a dit.
Mais le repos n'est pas toujours la paix.
La géologie retient désormais le sifflement
D'une chose coupée en deux dans sa poitrine.

Et même, par certaines nuits brumeuses,
Bilbrook et Kingston partagent un rêve :
Tendre la main par-delà l'abîme,
Vers la moitié qu'on ne peut atteindre,

Pour la rejoindre. La plaie reste ouverte.
Jamais guérie. La cicatrice dans la pierre
Se souvient encore de l'âme unique
Qui s'éveilla dans la souffrance et mourut seule.

Chapitre X : Ce qui reste

Ce qui reste des lignées de wyrms ne constitue pas ce que la plupart appelleraient un héritage. Il n'y a pas de grands monuments, pas de pierres gravées portant leurs noms dans l'alphabet laissé par les Romains. Les Jinglewyrms sont enfouis dans le limon rouge sous la baie de Kilve, leurs écailles de cuivre oxydées depuis longtemps au point d'être méconnaissables. Le Gurt Wyrm brisé du Bois de Shervage est une strate du grès, un fait géologique que nul vivant ne peut interpréter. Et pourtant...

Les Gurt Wyrms demeurent dans le Bois de Shervage, comme toujours, plongés dans un profond sommeil entre deux mondes. Les fougères s'agitent encore à la première pluie du printemps. Le vieux houx craque toujours sous le vent, d'un son presque inaudible, une voix. Les poneys d'Exmoor retrouvent toujours le chemin de leur foyer à travers les brouillards les plus épais, par des sentiers qui ne figurent sur aucune carte. Ce ne sont pas des histoires racontées pour réconforter qui que ce soit. Elles sont simplement ce qui est encore là, attendant avec la patience singulière des êtres qui comprennent le temps immémorial.

Les Winderwyrms, quant à eux, ne restèrent pas à Farfrey. Ils ne le font jamais. Leur superposition entropique, cette existence entre le Vallon Creux Physique et le Vallon Creux Imphysique, fait qu'ils sont constamment en transit entre ce qu'est le monde et ce qu'il pourrait devenir. Ils retournèrent à Somerset, la leçon du muffin Omega gravée dans leur chair carminée : la compréhension que la bonté tout entière s'accumule sans cesse, lentement, deux fois plus vite que la facilité, mais avec une endurance deux fois supérieure. Ils ne sont pas un enseignement, ils sont une pratique.

Au Pays de Farfrey, les Winderwyrms continuent de faire cuire leurs gâteaux. Les Snarleygogs, dont les dix-sept mentons se sont légèrement affinés avec l'âge, maîtrisent enfin l'art de plier les œufs avec délicatesse. Les Zibbles observent tout avec leur sagesse coutumière, tandis que les Ploops veillent en silence dans leur coin. Le plus vieux Zibble parle encore du V et de ses multiples ramifications, de l'Oméga et de sa lente accumulation, et de cette valeur K qui mesure le poids moral d'une observation honnête. Le coin de Brimble et Squee s'échauffe à la tombée du soir ; et les muffins, lorsqu'on les sort du four, exhalent un parfum indicible. Pourtant, chaque créature, dans chaque province, entre chaque Vallon Creux et sous chaque ciel orangé lointain, le reconnaît aussitôt comme la bonne chose faite lentement, et la bonne chose bien faite.

Jadis, ils jouaient des airs simples et joyeux. Bien que ces mélodies aient presque disparu de l'oreille humaine, elles persistent encore dans les fredonnements que nous murmurons au gré de nos occupations. Nous ignorons que ces échos à demi oubliés possédaient jadis le pouvoir de faire trembler la terre, ou de pousser les Winderwyrms à tourner leurs grandes têtes carmin vers le son, reconnaissant dans notre souffle une chose qu'ils croyaient disparue depuis longtemps. Peut-être écoutent-ils encore. Peut-être que le sifflement suffit.

Dans le bois de Shervage, où les jacinthes des bois fleurissent au printemps sans qu'on le demande, et où les sentiers se refusent à suivre une ligne droite, un esprit particulier persiste. Ce ne sont pas les Gurt Wyrms eux-mêmes – pas dans leur intégralité – mais plutôt le principe qu'ils incarnaient jadis : être vivant, c'est être en perpétuel mouvement. La plénitude, après tout, n'exige pas une forme unique. Il existe des manières d'exister que l'Empire, dans toute sa puissance, n'a jamais eu l'intelligence d'imaginer.

Une enfant, encore trop jeune pour être enchaînée par les catégories des hommes, est assise parmi les arbres par un après-midi de printemps. Elle contemple une bûche qui pourrait être un ver, un rêve, ou la terre elle-même qui respire. Elle tend la main pour en effleurer le sol et perçoit le parfum de l'ail des ours, vif et soudain, surgi de nulle part. Et pendant un instant, dans ce bref moment ensoleillé avant que le monde ne s'empresse de se justifier, la blessure commence à cicatriser.

Une chanson pour Somerset

Le Gurt Wyrm dort encore à Shervage,
Le grès retient ce qu'il peut retenir,
Aucun nom sur aucun seuil romain,
Seul le patient, le sommeil carmin.

Le Winderwyrm ne reste pas
Dans un même endroit pendant une durée suffisante
Laisser un nom. Cela revient.
Chaque printemps, dans les fougères, dans le rugueux

Le craquement du houx dans le vent,
Ce qui passe mais n'est pas
Une chose que vous voyez. Quelque chose s'est aminci.
L'air l'a laissé légèrement chaud.

La lenteur triomphe de toutes les routes.
La patience l'emporte sur le nom.
L'alliance, l'ancien code,
Elle revient et dit toujours la même chose :

Prendre ce qui est nécessaire, rien de plus.
Donner le bon et laisser le reste,
Aimer la terre pour laquelle vous avez erré
Et maintenez la forme d'onde dans votre sein

Jusqu'à ce que l'Omega soit proche,
Jusqu'à ce que le muffin soit bien levé,
Jusqu'à ce que la lenteur des choses se fasse sentir.
Que tout cela, c'était toi depuis toujours.

Alors sifflez quand vous travaillez la terre,
Ne sachant pas quelle mélodie a été conservée,
Le souvenir d'une main plus âgée

Cela a maintenu le monde en vie pendant que les empires dormaient.

Une histoire curieuse de Britannia : suite de l'histoire

Notes relatives au chapitre I : Les collines avant Rome

Les collines de Quantock sont une zone de beauté naturelle exceptionnelle (AONB), la première du genre en Angleterre, reconnue en 1956. Cette désignation n'a cependant en rien amélioré le climat. Le nom « Quantock » dérive du brittonique « cantuc », signifiant « proche du bord d'un cercle », ce qui décrit leur forme avec une précision géographique que les Romains auraient appréciée et que les Winderwyrms auraient jugée superflue. Ces collines sont principalement composées de grès dévonien, de teinte rougeâtre, et c'est cette couleur particulière qui a fourni à la légende locale son détail le plus opportun.

Le ver de Shervage Wood est une véritable légende du Somerset, et non une invention de ce livre. Des récits à son sujet ont circulé pendant des siècles avant d'être recueillis par des folkloristes aux XIXe et XXe siècles. À cette époque, l'histoire s'était stabilisée sous la forme suivante : un homme du village, découvrant ce qu'il prenait pour un tronc d'arbre tombé dans Shervage Wood, fut dupé et dévoré par le ver avant qu'un autre homme ne coupe la créature en deux avec une serpe. Les deux moitiés se séparèrent en rampant, l'une vers Bilbrook et l'autre vers Kingston St Mary, ce qui confère une précision géographique appréciable à un récit qui, par ailleurs, ne se soucie guère d'exactitude. La folkloriste Ruth

Tongue a recueilli et consigné cette légende, et c'est à elle que la plupart des versions modernes doivent leurs détails, qu'elles le reconnaissent ou non.

L'ail des ours (Allium ursinum) pousse en abondance dans les sous-bois humides du Somerset au printemps, et tout promeneur traversant Shervage Wood ou la vallée de Pardlestone en avril le rencontrera avant toute autre plante. Son odeur est exactement celle décrite : piquante, verte, immédiate et impossible à confondre avec une autre. L'idée que les bateliers de l'ancienne côte du canal de Bristol aient développé un savoir-faire pratique autour de cette plante est une invention de la part de cet ouvrage, mais une invention qui semble tout à fait justifiée.

Notes relatives au chapitre II : Les Jinglewyrms de la baie de Snarwood

Les plages de Kilve, dans le Somerset, comptent parmi les sites fossilifères les plus riches d'Angleterre. Composées de calcaire et de schiste liasique du Jurassique inférieur, elles s'érodent continuellement jusqu'à l'estran. On y trouve régulièrement des restes d'ichtyosaures, d'ammonites et d'autres fossiles marins, et la plage est un lieu de prédilection pour les chasseurs de fossiles, amateurs et professionnels, depuis le XVIIIe siècle. Compte tenu de la composition de ces formations, l'hypothèse que les Jinglewyrms puissent provenir de ces couches géologiques n'est pas totalement invraisemblable.

L'exploitation romaine du plomb et de l'argent dans les monts Mendip comptait parmi les activités les plus importantes économiquement de toute la Bretagne romaine.

Charterhouse-on-Mendip était le principal centre minier, et des lingots de plomb marqués de marques impériales et de l'abréviation BRITT EX ARG y ont été découverts, indiquant que les mines étaient sous contrôle impérial direct dès les débuts de l'occupation. L'un de ces lingots, daté d'environ 49 apr. J.-C., à peine six ans après l'invasion de Claude, suggère que les Romains se sont attelés à l'exploitation du minerai de Mendip avec une rapidité qui aurait impressionné même le plus pragmatique des explorateurs. Le lien entre la perturbation des filons d'argent souterrains et l'agitation des créatures côtières à écailles argentées n'est, il faut l'admettre, attesté par aucune étude géologique romaine.

Le littoral du canal de Bristol, à l'époque romaine, était un important centre de commerce maritime, et les navires marchands romains jetaient l'ancre dans les baies du Somerset. Des fragments d'amphores ont été découverts sur des sites côtiers du nord du Somerset, attestant de la circulation de marchandises telles que le vin, l'huile d'olive et la sauce de poisson dans la région. Quant à savoir si les Jinglewyrms venaient admirer la nuit les cordages enroulés et les vases en céramique soigneusement empilés, les vestiges archéologiques restent muets sur ce point, sans pour autant, semble-t-il, le faire par dédain.

Notes relatives au chapitre III : Les Winderwyrms de Farfrey

La Fosse Way est l'une des grandes voies romaines de Grande-Bretagne. Elle relie Exeter, au sud-ouest, à Lincoln, au nord-est, en une ligne si rectiligne qu'elle impressionne encore quiconque la regarde sur une carte. Traversant le Somerset, elle part d'Ilchester en direction du nord-est, traversant un territoire occupé pendant des siècles par la tribu locale des Durotriges avant l'arrivée des Romains et qu'ils continuèrent d'occuper, avec plus ou moins d'acceptation et de ressentiment, pendant des siècles après. La voie est encore en grande partie intacte et sert toujours de route à d'autres endroits. C'est, à tous égards, un ouvrage d'ingénierie remarquable, et l'irritation des Winderwyrms face à son tracé rectiligne est tout à fait compréhensible.

L'idée des lignes de ley, alignements rectilignes reliant d'anciens sites à travers le paysage, a été proposée par l'archéologue amateur Alfred Watkins dans son ouvrage de 1921, *The Old Straight Track*, et a suscité plus de débats au kilomètre que presque aucune autre idée dans le domaine du folklore britannique. L'archéologie moderne aborde ce concept avec un scepticisme considérable, car la densité des sites anciens en Grande-Bretagne est telle que des lignes droites peuvent être tracées entre eux presque à volonté. Les Winderwyrms, qui s'orientent selon des principes plus anciens et plus sinueux, n'auraient aucune difficulté à distinguer un véritable chemin d'une simple construction topographique.

Le concept de superposition entropique tel qu'il est employé dans cet ouvrage n'est pas un terme technique issu de la mécanique quantique, et aucun physicien ne devrait se sentir professionnellement concerné par son utilisation ici. Il est emprunté et étendu dans des directions non prévues par ses auteurs. Le véritable concept quantique de superposition, selon lequel une particule existe simultanément dans plusieurs états jusqu'à son observation, a été formalisé lors du développement de la mécanique quantique dans les années 1920 et 1930, principalement grâce aux travaux de Niels Bohr, Werner Heisenberg et Erwin Schrödinger, dont le malheureux chat est devenu, malgré lui, l'une des expériences de pensée les plus citées dans la vulgarisation scientifique. Ce livre ajoute une référence de plus à cette longue liste et ne s'en excuse pas.

Notes relatives au chapitre IV : Rome au bord du rivage

Aquae Sulis, l'établissement romain de Bath, était l'un des sites religieux et administratifs les plus importants de la Bretagne romaine. Ses sources thermales naturelles, les seules de Grande-Bretagne, étaient vénérées par la déesse Sulis avant l'arrivée des Romains et dédiées à la divinité composite Sulis Minerva durant l'occupation romaine. Ce vaste complexe thermal fut construit au cours des Ier et IIe siècles de notre ère et resta en usage jusqu'au départ des Romains. Preuve de l'importance de ce patrimoine romain, la ville de Bath s'est interrogée pendant les seize siècles suivants sur le sort à réserver à cette architecture.

La IIe légion Augusta, ou Legio II Augusta, était bien celle qui accompagna Aulus Plautius lors de l'invasion de Claude en 43 ap. J.-C. et fut ensuite commandée par le futur empereur Vespasien lors de campagnes dans le sud-ouest de l'Angleterre. L'historien Suétone rapporte que Vespasien livra trente batailles, soumit deux tribus féroces et s'empara de plus de vingt localités durant sa campagne occidentale, notamment de l'important oppidum de Maiden Castle, datant de l'âge du fer, dans le Dorset. Il devint empereur en 69 ap. J.-C., après l'Année des Quatre Empereurs, un détail biographique qui confirme son importance dans toute histoire du Somerset romain. Le Capricorne était bien l'emblème de la IIe légion.

La pratique de l'arpentage et de l'évaluation des ressources forestières à l'époque romaine est bien documentée. Les arpenteurs romains, appelés agrimensores, étaient des professionnels qualifiés qui utilisaient des instruments tels que le groma et le chorobates pour mesurer et consigner avec une grande précision les terres, les forêts, les cours d'eau et les gisements minéraux. Leurs relevés constituaient la base de la fiscalité romaine et de la gestion des chaînes d'approvisionnement, et des fragments de leurs travaux subsistent dans le Corpus Agrimensorum Romanorum, un recueil de textes arpenteurs copiés au Moyen Âge. On ignore si un agrimensor du nom de Decimus a arpenté le bois de Shervage. Cette possibilité ne peut être exclue.

Notes relatives au chapitre V : L'accusation de trahison

La pratique romaine consistant à octroyer des titres et la citoyenneté aux chefs et communautés locales dociles était un instrument central de l'administration impériale dans tout l'empire, et la Grande-Bretagne ne faisait pas exception. Les aristocrates locaux qui faisaient preuve de loyauté envers Rome étaient intégrés au système romain par le biais de titres, de privilèges commerciaux et, parfois, de la pleine citoyenneté. Il en résulta une classe de Britanniques romanisés, évoluant à la frontière culturelle entre leur héritage autochtone et leur identité impériale d'adoption, assumant les deux avec plus ou moins d'aisance. L'appellation « Custodes Litoris » des Jinglewyrms est une invention, mais la dynamique sociale qu'elle représente était bien réelle.

La destruction des bibliothèques et des lieux de transmission du savoir autochtones lors de la conquête romaine de la Grande-Bretagne n'est pas clairement documentée comme une politique systématique. En revanche, la répression des druides, principaux gardiens du savoir oral et écrit dans la Grande-Bretagne préromaine, fut à la fois délibérée et persistante. L'historien romain Tacite relate la destruction de la forteresse druidique sur l'île de Mona (aujourd'hui Anglesey) en 60 apr. J.-C., ainsi que l'incendie des bois sacrés. L'histoire ne fournit pas de réponse claire à la question de savoir si les Filles d'Avalon possédaient une bibliothèque à la Source Blanche de Glastonbury Tor et si celle-ci fut détruite à cette époque. C'est précisément ce type d'ambiguïté qui alimente la fiction.

Le récit de la transformation de Myrdda en Myrddin s'inspire de la longue et complexe histoire de la légende de Merlin dans la littérature britannique, elle-même puisant ses racines dans la figure galloise de Myrddin Wyllt, un homme sauvage prophétique des bois dont les premières apparitions textuelles sont antérieures à l'Historia Regum Britanniae de Geoffroy de Monmouth, datant d'environ 1136. Le Merlin de Geoffroy est une fusion de plusieurs figures et traditions antérieures. Le nom Myrddin est associé à Carmarthen, dérivé du brittonique Moridunum, et la figure apparaît dans la poésie galloise ancienne à la fois comme prophète et comme homme sauvage. Ses origines en tant que figure féminine ou non binaire ne figurent pas dans les sources historiques, mais, compte tenu de la flexibilité de la tradition, elles n'en constituent pas une extension déraisonnable.

Notes relatives au chapitre VI : La mise à mort des Jinglewyrms

Le littoral de la plage de Kilve, où les Jinglewyrms sont enfouis dans la légende, recèle de véritables trésors qui pourraient être confondus avec des restes de wyrms. Le calcaire bleu liasique qui forme l'estran s'érode en longues sections incurvées qui s'étendent sur la plate-forme rocheuse, formant des formations qui ont alimenté l'imagination depuis la nuit des temps. Des squelettes d'ichtyosaures ont été découverts dans les falaises surplombant la plage, et l'on comprend aisément comment un peuple côtier aurait pu interpréter ces restes incurvés et côtelés comme les ossements d'un être ayant vécu jadis, plutôt que comme ceux d'une créature noyée dans la mer jurassique il y a deux cents millions d'années. Le folklore constitue souvent la forme de témoignage géologique la plus durable.

Les trois jours de deuil décrits à la fin du chapitre, durant lesquels aucun oiseau ne chanta sur la côte du Somerset, s'inspirent d'un motif répandu dans le folklore britannique et irlandais, où la terre elle-même réagit aux grands événements par le comportement des oiseaux et des animaux. Ce motif est attesté dans de nombreuses sources depuis le Moyen Âge et reflète une conception cosmologique du monde naturel comme réactif et communicatif, commune à la plupart des cultures prémodernes de Grande-Bretagne. L'ornithologue ferait remarquer qu'un silence complet chez les oiseaux côtiers est, en pratique, impossible en temps normal. Le folkloriste, quant à lui, soulignerait que le folklore n'est pas tenu de consulter l'ornithologue.

L'oxydation du cuivre et de l'argent en milieu marin est un véritable processus chimique, et les objets en cuivre découverts sur les sites archéologiques côtiers et marins de Grande-Bretagne présentent effectivement l'état terne et verdâtre décrit. Les objets romains en alliage de cuivre mis au jour dans les Somerset Levels et sur les sites côtiers sont souvent en mauvais état en raison d'une longue immersion dans la composition minérale particulière des sédiments côtiers de l'ouest de l'Angleterre. Le fait que les écailles des Jinglewyrms aient subi la même transformation est une hypothèse scientifique plausible, apparue par hasard dans le récit et conservée pour sa pertinence.

Notes relatives au chapitre VII : La tutelle de la terre

Le poney Exmoor est l'une des plus anciennes races indigènes de Grande-Bretagne. Son histoire sur la lande remonterait, selon certains chercheurs, à la fin du Pléistocène, ce qui en ferait un compagnon plausible pour les créatures de l'Antiquité. La race se caractérise par sa robustesse, son aptitude à se déplacer sur les terrains de lande par faible visibilité et son large museau, une adaptation pratique au climat d'Exmoor et non, à ce jour, un signe de guidance des Gurt Wyrms endormis. La Société du Poney Exmoor a été fondée en 1921 et la race est aujourd'hui classée comme menacée, avec moins de cinq cents juments reproductrices.

Le concept de commun, c'est-à-dire de terres détenues collectivement par la communauté plutôt que par des propriétaires privés, était essentiel à l'organisation agricole et sociale du Somerset médiéval et de la majeure partie de la Grande-Bretagne rurale avant les enclosures des

XVIIIe et XIXe siècles. Exmoor conserve à lui seul d'importantes superficies de terres communes, et les collines de Quantock en comprennent à Holford et ailleurs. Ces lieux étaient et restent des espaces où les règles habituelles de la propriété privée et de l'usage des terres ne s'appliquent pas pleinement, ce qui leur confère une dimension que les Gurt Wyrms auraient sans doute reconnue. Le mouvement des enclosures, qui a remplacé les terres communes par des champs privés dans une grande partie de l'Angleterre entre 1750 et 1850 environ, peut être comparé à l'erreur du bûcheron à l'échelle nationale.

On observe à travers toute la Grande-Bretagne, partout où les voies romaines rectilignes ont été remplacées par des chemins médiévaux et plus récents, un phénomène récurrent. Les populations médiévales s'orientaient grâce aux points de repère, aux collines, aux limites de la ville et aux cours d'eau, plutôt que par des relevés topographiques, et les routes qu'elles ont créées en témoignent. La Fosse Way constitue une exception partielle : ayant été largement utilisée sur la majeure partie de son tracé, elle a elle-même subi des déviations et des courbes au gré des besoins des agglomérations successives, d'une manière qui aurait sans doute fortement perturbé ses géomètres d'origine.

Notes relatives au chapitre VIII : L'erreur du bûcheron

Le bois de Shervage est un véritable bois situé à l'est des collines de Quantock, aujourd'hui géré par la Commission des forêts. Il se compose d'un mélange de chênes, de plantations de conifères et de zones de forêt plus ancienne. C'est le bois précis mentionné dans la légende du Ver Gurt, désigné comme le foyer de la créature. L'événement central de cette légende, recueillie par Ruth Tongue, est la mise à mort du ver par un bûcheron qui l'avait pris pour une bûche tombée. Le détail selon lequel le bûcheron portait du cidre et s'était assis pour déjeuner sur ce qu'il croyait être une bûche convenable, avant de se rendre compte de son erreur lorsque celle-ci s'est mise à bouger, est l'un des récits les plus vivants du folklore du Somerset.

L'exploitation forestière médiévale en Angleterre était une activité très réglementée, régie par des systèmes de taillis, d'émondage et de coupes aménagées, conçus pour maintenir la productivité des forêts pendant des décennies, voire des siècles. Le bûcheron de ce chapitre, travaillant seul avec une hache et une pierre à aiguiser, représente une tradition plus tardive, moins réglementée, probablement post-médiévale, où la forêt était gérée comme une ressource privée plutôt que collective. Cette distinction est importante car le bûcheron médiéval, soumis à une réglementation stricte, avait nécessairement une compréhension plus intime de la forêt en tant qu'écosystème vivant que celui qui venait la couper et la prélever. Le bûcheron de ce chapitre n'est pas malveillant. Il est simplement le produit d'une tradition qui, à son époque, avait oublié son propre savoir.

Le temps géologique ralenti évoqué dans ce chapitre n'est pas un simple artifice littéraire. Le grès rouge des collines de Quantock est d'origine dévonienne ; il s'est formé il y a environ 380 à 360 millions d'années à partir de sédiments déposés dans un environnement semi-aride, bien différent du paysage humide du Somerset qu'il recouvre aujourd'hui. Rêver de grès, c'est, à bien y réfléchir, rêver d'une époque antérieure à l'existence des îles Britanniques sous une forme reconnaissable par l'homme, avant l'ouverture de l'océan Atlantique, avant que la craie du sud de l'Angleterre ne se dépose dans les mers chaudes du Crétacé. Les rêves géologiques du Gurt Wyrm sont, à bien des égards, empreints de sobriété.

Notes relatives au chapitre IX : La Fracture

Bilbrook est un véritable hameau du Somerset, situé à l'ouest de Shervage Wood, près du village de Washford, en bordure d'Exmoor. Kingston St Mary est un village réel, à l'est, près de Taunton. Ce sont les deux lieux mentionnés dans les différentes versions de la légende du Ver de Gurt comme étant la destination des deux moitiés séparées, et leur présence ici n'est pas une invention, mais une fidélité à la source. La distance géographique qui les sépare est d'environ quatorze kilomètres, ce qui correspond soit à la taille originelle du Ver de Gurt, soit à la distance qu'une créature coupée en deux pourrait parcourir avant de s'abandonner. Le ruisseau de Bilbrook existe réellement et coule, comme décrit, à travers la litière de feuilles et un sol meuble jusqu'à la mer.

Le concept géologique d'un fossile se transformant en strate est exact. La fossilisation est un processus par lequel la matière organique est remplacée, sur des millions d'années, par des composés minéraux, et le fossile ainsi formé devient, avec le temps, indiscernable de la matrice rocheuse qui l'entoure. Dans le grès rouge et le lias bleu du Somerset, les fossiles abondent et ne sont souvent identifiables qu'après un examen attentif de la surface de la roche. Le marteau du géologue et le carnet du folkloriste sont, dans le Somerset, de précieux outils.

Le rêve partagé, motif folklorique répandu dans la tradition britannique et irlandaise, où des personnes éloignées géographiquement font état d'un même rêve, apparaît dans plusieurs contes du Somerset recueillis à la fin du XIXe et au début du XXe siècle. Il est généralement associé à des lieux où s'est produit un événement marquant et est perçu comme une forme de mémoire inscrite non pas dans l'esprit des individus, mais dans le paysage lui-même. La question de savoir si les habitants de Bilbrook et de Kingston St Mary font encore état de tels rêves aujourd'hui nécessiterait une étude sociologique que cet ouvrage ne peut mener, bien que l'auteur précise que cette hypothèse n'a pas encore été définitivement écartée.

Notes relatives au chapitre X : Ce qui reste

Les jacinthes des bois de Shervage Wood sont bien réelles et fleurissent au printemps comme décrit, sans prévenir et sans égard particulier pour les sentiers tracés par les promeneurs. Les jacinthes des bois britanniques (Hyacinthoides non-scripta) sont une espèce indicatrice spécifique des forêts anciennes ; leur présence est généralement considérée comme la preuve que la forêt existe sans interruption depuis au moins quatre cents ans, et souvent bien plus longtemps. Une forêt tapissée de jacinthes des bois au printemps est, en ce sens, une forêt qui se souvient de son existence depuis des siècles, bien avant qu'on en dresse la moindre carte.

La légende du ver de Gurt a traversé les siècles jusqu'au XXIe siècle grâce au travail de collectionneurs comme Ruth Tongue, dont l'ouvrage de 1965, « Somerset Folklore », demeure une référence incontournable, et grâce aux efforts des historiens locaux et de la Société de folklore du Somerset. Elle est racontée aux enfants dans les écoles du Somerset et figure sur la signalétique locale des collines de

Quantock. Le simple fait qu'elle soit connue illustre le principe qu'elle véhicule : ce qui se transmet lentement, oralement de génération en génération sans soutien institutionnel ni intérêt commercial, survit parfois à ce qui est gravé dans la pierre.

L'enfant dans les bois à la fin du chapitre n'est pas une enfant réelle connue de l'auteure. Elle est une figure composite de tous les enfants qui, un jour, se sont assis dans un bois britannique et ont ressenti, sans pouvoir l'expliquer, que la forêt pensait à quelque chose. Il ne s'agit pas d'une affirmation mystique. C'est la description de ce que l'on ressent lorsqu'on porte son attention librement, sans arrière-pensée, à un lieu qui vit depuis bien plus longtemps que toute catégorie que nous pouvons lui attribuer. L'odeur d'ail des ours qui surgit de nulle part à la fin du chapitre est réelle en ce sens que l'ail des ours surgit bel et bien de nulle part, soudainement et complètement, dans les bois du Somerset au printemps. Sa signification, comme toujours dans le Somerset, est laissée à l'interprétation de chacun.

Bibliographie et lectures complémentaires

Bennett, G. et Smith, P. (éd.) (1996) *Légende contemporaine : un recueil.* New York : Garland.

Briggs, K.M. (1967) *Les fées dans la tradition et la littérature anglaises.* Londres : Routledge et Kegan Paul.

Briggs, K.M. (1970-71) *A Dictionary of British Folk-Tales in the English Language.* 4 vols. London: Routledge.

British Geological Survey (s.d.). *Visualiseur géologique en ligne.* Disponible sur : maps.bgs.ac.uk (Consulté selon les besoins).

Bromwich, R. (2006) *Trioed Ynys Brydein : Les triades galloises.* 3e éd. Cardiff : Presses de l'Université du Pays de Galles.

Campbell, B. (2000) *Les écrits des géomètres romains : introduction, texte, traduction et commentaire.* Londres : Society for the Promotion of Roman Studies.

Clarke, B. trad. (1973) *Vie de Merlin : Vita Merlini de Geoffrey de Monmouth*. Cardiff : University of Wales Press.

Craddock, P. (2009) *Enquête scientifique sur les copies, les contrefaçons et les falsifications*. Oxford : Butterworth-Heinemann.

Cunliffe, B. (1985) et Davenport, P. *Le temple de Sulis Minerva à Bath*. 2 vol. Oxford : Oxford University Committee for Archaeology.

Cunliffe, B. (2000) *Découverte des thermes romains*. 4e éd. Stroud : Tempus.

Cunliffe, B. (2001) *Face à l'océan : l'Atlantique et ses peuples, de 8000 av. J.-C. à 1500 apr. J.-C.* Oxford : Oxford University Press.

Cunliffe, B. (2010) *Les druides : une très courte introduction*. Oxford : Oxford University Press.

Devereux, P. (2003) *Chemins des fées et routes des esprits*. Londres : Vega.

Ekwall, E. (1960) *The Concise Oxford Dictionary of English Place-Names*. 4e éd. Oxford : Oxford University Press.

Exmoor Pony Society (s.d.). *Histoire et conservation de la race*. Disponible sur : exmoorponysociety.org.uk (Consulté selon les besoins).

Frere, S. (1987) *Britannia : Une histoire de la Bretagne romaine*. 3e éd. Londres : Routledge.

Geoffroy de Monmouth (vers 1136). *Historia Regum Britanniae*. Traduit par L. Thorpe (1966). *Histoire des rois de Bretagne*. Londres : Penguin Classics.

Green, M. (1997) *Le monde des druides*. Londres : Thames and Hudson.

Greenwood, B. (1996) *Le poney d'Exmoor*. Tiverton : Exmoor Books.

Gribbin, J. (1984) *À la recherche du chat de Schrödinger : physique quantique et réalité*. Londres : Bantam.

House, M. (1993) *Géologie de la côte du Dorset*. Londres : Association des géologues.

Commission internationale de stratigraphie (s.d.). *Tableau chronostratigraphique international*. Disponible sur : stratigraphy.org (consulté selon les besoins).

Jackson, J. trad. (1931-37) *Annales de Tacite*. 4 vol. Loeb Classical Library. Cambridge, MA : Harvard University Press.

Jarman, A.O.H. (1960) *La légende de Merlin*. Cardiff : University of Wales Press.

Mann, J.C. et Penman, R.G. eds. (1978) *Sources littéraires pour la Grande-Bretagne romaine*. Lactor 11. Londres : London Association of Classical Teachers.

Margary, I.D. (1973) *Les voies romaines en Grande-Bretagne*. 3e éd. Londres : John Baker.

Millett, M. (1990) *La romanisation de la Grande-Bretagne : un essai d'interprétation archéologique*. Cambridge : Cambridge University Press.

Mills, A.D. (2003) *Un dictionnaire des noms de lieux britanniques*. Oxford : Oxford University Press.

Natural England (s.d.). *Plan de gestion de la zone de beauté naturelle exceptionnelle des collines de Quantock. Disponible sur : naturalengland.org.uk (consulté selon les besoins).*

Neeson, J.M. (1993) *Commoners: Common Right, Enclosure and Social Change in England, 1700-1820*. Cambridge: Cambridge University Press.

O'Sullivan, S. (1942) *Manuel du folklore irlandais*. Dublin : Folklore of Ireland Society. Réimpression (1970) Detroit : Singing Tree Press.

Peterken, G. (1981) *Conservation et gestion des forêts*. Londres : Chapman and Hall.

Plantlife (s.d.) *Espèces indicatrices des forêts anciennes. Disponible sur : plantlife.org.uk (Consulté : au besoin).*

Prothero, D. (2013) *Donner vie aux fossiles : une introduction à la paléobiologie*. 3e éd. New York : Columbia University Press.

Rackham, O. (1980) *Ancient Woodland: Its History, Vegetation and Uses in England*. Londres : Edward Arnold.

Rackham, O. (1986) *L'histoire de la campagne*. Londres : Dent.

Rackham, O. (1990) *Arbres et forêts dans le paysage britannique*. Édition révisée. Londres : Dent.

Rodwell, J.S. éd. (1991) *Communautés végétales britanniques. Vol. 1*. Cambridge : Cambridge University Press.

Rolfe, J.C. trad. (1914) *Les Vies des Césars de Suétone*. 2 vol. Loeb Classical Library. Cambridge, MA : Harvard University Press.

Amphores romaines : une ressource numérique (s.d.). Université de Southampton. Disponible sur : ads.ahds.ac.uk (Consulté selon les besoins).

Salway, P. (1981) *La Grande-Bretagne romaine*. Oxford : Oxford University Press.

Sharples, N. (1991) *Maiden Castle : Fouilles et relevés de terrain 1985-1986*. Londres : English Heritage.

Simpson, J. (1980) *Dragons britanniques*. Londres : Batsford.

Simpson, J. et Roud, S. (2000) *Un dictionnaire du folklore anglais*. Oxford : Oxford University Press.

Tate, W.E. (1978) *Un Domesday des lois et des récompenses anglaises sur les enclosures*. Reading : University of Reading.

Taylor, C. (1979) *Routes et pistes de Grande-Bretagne*. Londres : Dent.

Tongue, R.L. (1965) *Folklore du Somerset*. Éd. K.M. Briggs. Londres : Folklore Society.

Tylecote, R. (1992) *Une histoire de la métallurgie*. 2e éd. Londres : Muney Publishing.

Histoire du comté de Victoria (Somerset, dates diverses). Disponible sur : british-history.ac.uk (Consulté selon les besoins).

Watkins, A. (1925) *The Old Straight Track*. Londres : Methuen. Réimpression (1970) Londres : Garnstone Press.

Wheeler, J. et Zurek, W. (éd.) (1983) *Théorie quantique et mesure.* Princeton : Princeton University Press.

Williamson, T. et Bellamy, L. (1983) *Les lignes de Ley en question.* Kingswood : World's Work.

Woodland Trust (s.d.). *Enquêtes sur les forêts anciennes et les jacinthes des bois.* Disponible sur : woodlandtrust.org.uk (Consulté selon les besoins).

Schrödinger, E. (1935) « *La situation actuelle de la mécanique quantique* », Naturwissenschaften, 23, pp. 807-812, 823-828, 844-849.

Glossaire : Lieux et histoire

Aquae Sulis : Le nom romain de Bath, dans le Somerset, signifie « Eaux de Sulis », en référence à la déesse de la source thermale que les Romains s'approprièrent et dédièrent à leur propre Minerve, comme ils en avaient l'habitude avec les choses qu'ils découvraient et qu'ils ne parvenaient pas à expliquer. Les gouverneurs de la Bretagne romaine y exercèrent des fonctions administratives jusqu'à la fin de la période d'occupation. L'eau est toujours chaude. Les Romains, eux, ne le sont plus.

Avalonae : Le nom tharionais d'Avalon, la grande île mythique de la tradition occidentale, est ici intégré comme un lieu réel dans la cosmologie de Hollow Vale plutôt que comme un lieu purement légendaire. Son lien avec Glastonbury Tor est, comme souvent dans le Somerset, compliqué par le brouillard.

Bilbrook : Un hameau à l'extrémité ouest des collines de Quantock, près du village de Washford, en direction d'Exmoor. Dans le folklore du Somerset, il serait la destination de l'une des moitiés du Ver de Gurt après sa division, celle qui se serait traînée vers l'ouest à travers la litière de feuilles de Shervage Wood, laissant derrière elle un sillon devenu, avec le temps, un ruisseau. Le hameau existe. Le ruisseau existe. Le reste dépend de ce que vous voulez croire à propos du grès.

Lande de Bodmin : Un haut plateau de landes en Cornouailles, désolé et humide, abritant une multitude d'espèces que l'Ordnance Survey refuse de cartographier. La truie sage de ce livre y a élu domicile, ce qui correspond au caractère général de la lande, un lieu où des êtres anciens et sages se sont retirés du monde et attendent, avec une certaine patience, d'être découverts par la personne adéquate.

Rue Brimble et Squee : Le coin du Pays de Farfrey d'où le narrateur observe le Grand Concours de Pâtisserie. Il ne figure sur aucune carte du Somerset ni d'ailleurs, et n'a jamais été conçu pour y figurer. Il y fait cependant chaud le soir.

Canal de Bristol : Le large estuaire, soumis aux marées, séparait le Somerset du reste du sud du Pays de Galles. C'est par là que descendaient les galères marchandes romaines et que les bateliers de l'ancienne côte naviguaient avec l'assurance particulière de ceux qui connaissent chaque banc de sable par cœur. Les Jinglewyrms entendaient les navires marchands avant même de les voir, par les nuits calmes où résonnaient les cloches.

Buronium : Le nom tharionais de Burnham-on-Sea, ou peut-être de Bridgwater, ou encore un nom composite regroupant plusieurs localités côtières du nord du Somerset, fait débat parmi les spécialistes du Cycle de Tharion, qui sont actuellement très peu nombreux.

Cadbury : South Cadbury, dans le Somerset, abrite un important oppidum de l'âge du fer associé à la légende arthurienne de Camelot depuis au moins le XVIe siècle, époque à laquelle l'antiquaire John Leland s'y rendit et rapporta les traditions locales à ce sujet. L'ouvrage laisse en suspens la question de savoir si le roi Arthur y tenait sa cour, s'il a même existé, et si tout cela a une importance pour les Snarleygogs.

Cantoc Tor : Le nom tharionais des collines de Quantock, dérivé du mot brittonique *Cantuc* Leur nom signifie « le bord d'un cercle », ce qui décrit leur forme avec une précision géographique. De nos jours, on les appelle aussi les Quantocks, et dans cet ouvrage, les collines qui ont survécu aux Romains ; c'est cette dernière appellation qui importe.

Charterhouse-sur-Mendip : Principal site minier romain des monts Mendip, où le plomb et l'argent étaient extraits sous contrôle impérial direct dès les premières décennies de l'occupation. Des lingots de plomb portant des marques impériales y ont été retrouvés. La présence des Jinglewyrms lors du premier creusement du puits n'est pas attestée par les archives romaines.

Exmoor : Un haut plateau de landes à la frontière du Somerset et du Devon, refuge du poney Exmoor, du cerf élaphe, de la myrtille et, dans ce livre, des Gurt Wyrms endormis qui s'y sont réfugiés après la destruction des Jinglewyrms et se sont fondus dans le paysage. La création du parc national en 1954 ne les a pas perturbés.

Falmouth : Ville portuaire des Cornouailles, à l'embouchure de l'estuaire de la Fal, l'un des ports naturels les plus profonds au monde. C'est là que Myrdda commence son voyage, après avoir vu un aubépine mourir à l'embouchure de la Fal dans des circonstances qui ne sont pas imputables aux Romains, du moins pas de la même manière que la plupart des choses en Bretagne romaine ne l'étaient pas directement.

Farfrey : Une contrée qui ne figure sur aucune carte humaine car, comme le savent les Winderwyrms, elle n'existe que lorsqu'on l'observe. Son ciel est orange. Son herbe est bleue. Son air est si dense qu'on pourrait le mâcher comme du fromage. Elle se situe dans l'espace entre l'effondrement d'une onde morale et l'émergence de la suivante, ce qui explique pourquoi les Winderwyrms l'ont découverte par hasard et pourquoi ils n'ont jamais réussi à en sortir complètement. L'emplacement du carrefour de Brimble et Squee, au sein de Farfrey, n'est pas précisé.

Ffall, la Bouche de : Un lieu côtier des Cornouailles ou de l'ouest du Somerset, peut-être légèrement au nord de Falmouth, probablement une transcription tharionaise d'un véritable toponyme aujourd'hui méconnaissable. C'est là que mourut l'aubépine de Myrdda et que commence son histoire, ainsi que celle de Merlin.

Fowey : Ville portuaire des Cornouailles, située à l'embouchure de la rivière Fowey, elle est mentionnée dans ce livre comme étape du voyage de Myrdda, de Falmouth vers le nord, en direction de Bodmin Moor et des Snarleygogs. La ville existe bel et bien, l'embouchure est magnifique, et ni l'un ni l'autre ne font mention des Snarleygogs.

Glastonbury Tor : Une colline s'élevant abruptement des Somerset Levels, près de Glastonbury, est couronnée par le clocher sans toit de l'église médiévale Saint-Michel. À l'époque pré-romaine, avant l'assèchement des Levels, le Tor se dressait comme une île au milieu d'un vaste marais. Il s'agit de Tor Velden dans le texte tharionais de cet ouvrage, et la Source Blanche à son pied, connue sous le nom de Hwit Fford, est le lieu du rituel druidique décrit dans le chapitre de Perdix. La source est réelle et coule toujours.

Colline Grumblesome : Le nom donné dans ce livre à la colline du Pays de Farfrey où les Snarleygogs ont élu domicile, d'où ils mènent leurs activités de ressentiment, de préparation de muffins et de grognements compétitifs. Ce n'est pas une vraie colline, mais quiconque a séjourné dans le Somerset en reconnaîtra l'allure.

Hinckleath : Hinkley Point, sur la côte du Somerset, est un lieu-dit tharionais où l'estuaire de la Severn se rétrécit et où l'amplitude des marées atteint des sommets parmi les plus importants au monde. Le chapitre consacré à la Barge House se déroule à cet endroit, en l'an 100 après J.-C., durant une période de paix relative sous le règne de l'empereur Trajan. La centrale nucléaire qui occupe aujourd'hui le promontoire n'est pas mentionnée dans cet ouvrage.

Hollow Vale, le physique : Le monde physique tel que le conçoivent les Winderwyrms et les Gurt Wyrms : la terre, la pierre, la fougère, les êtres vivants. Non pas, dans leur cosmologie, leur demeure principale.

Hollow Vale, l'Imphysique : L'autre état d'être, ni rêve ni mort, mais quelque chose qui leur est proche, est celui dans lequel les Winderwyrms passent un temps considérable et d'où ils accèdent à Farfrey et à d'autres contrées inconnues de la cartographie humaine. La superposition entropique entre les deux Vallons est leur condition naturelle et leur source de préoccupation constante.

Kilve : Village et plage situés sur la côte nord du Somerset, entre la baie de Bridgwater et les collines de Quantock. Kelvenna en est le nom tharionais. La plage, composée de calcaire et de schiste liasiques, est riche en fossiles de reptiles marins. C'est ici, dans cet ouvrage, que les Jinglewyrms ont émergé de ces gisements fossilifères. De nos jours, les chasseurs de fossiles amateurs découvrent des restes d'ichtyosaures dans les affleurements rocheux surplombant l'estran, sans toujours examiner attentivement la roche pour en connaître les autres vestiges.

Kelvenna : Voir *Kilve*Nom tharionais de Kilve, en usage dans le Cycle de Tharion. L'accès à la plage est libre. Les fossiles appartiennent au propriétaire du terrain, sauf si l'estran se situe en dessous du niveau moyen des hautes eaux, auquel cas ils appartiennent à la Couronne, une distinction que les Jinglewyrms auraient parfaitement comprise.

Kingston St Mary : Un village à l'est des collines de Quantock, près de Taunton, mentionné dans le folklore du Somerset comme la destination de la seconde moitié du ver Gurt, autrefois divisé. Il se situe à environ quatorze kilomètres de Bilbrook, en ligne droite à travers les collines. Dans ce livre, les habitants de Kingston St Mary et de Bilbrook partagent un rêve, lors de certaines nuits brumeuses, d'une chose tendant la main vers une autre par-delà une distance infranchissable. Le village existe réellement. Le rêve est relaté.

Lugdunum : Nom romain de Lyon, en Gaule. Cette ville est mentionnée ici comme le lieu de retraite du jeune arpenteur gaulois qui, voyant la mousse bouger dans le bois de Shervage, ne mangea plus jamais d'ail des ours. On ignore s'il regagna Lugdunum ou s'il demeura en Bretagne. Ce personnage est fictif.

Collines de Mendip : Une chaîne de collines calcaires du Somerset s'étend d'est en ouest au sud du pays de Quantock. Les Romains y découvrirent des gisements de plomb et d'argent en quantités suffisantes pour alimenter leurs exploitations minières durant toute la période de l'occupation. Ces collines sont aujourd'hui réputées pour leurs grottes, leurs vergers de pommiers à cidre et la ville de Wells, avec sa cathédrale, située à leur extrémité sud. Les mines de Charterhouse sont en grande partie recouvertes d'herbe.

Mona : Anglesey, île du nord du Pays de Galles, était le nom romain de cette région où la forteresse druidique fut détruite par les Romains en 60 apr. J.-C., lors d'une opération relatée par Tacite, qui mentionna notamment l'incendie des bois sacrés. C'est à partir de cet événement que l'incendie de la bibliothèque des Filles d'Avalon à Glastonbury est extrapolé dans cet ouvrage, malgré une distance géographique et chronologique considérable.

Pardlestone : Un hameau des collines de Quantock, niché dans un vallon boisé sur les pentes occidentales, près du village de Holford. Les bois y sont anciens et humides, et, au printemps, se parent d'un tapis d'ail des ours et de jacinthes des bois, selon la séquence décrite au chapitre I. Les Gurt Wyrms descendaient ici les jours de pluie.

Pariton : Bridgwater, ou peut-être Parrett-mouth, était le nom tharionais de la localité située à l'embouchure de la rivière Parrett, dans la baie de Bridgwater. Dans le chapitre consacré à Caradoc et Brannoc du livre original de Hollow Vale, elle figure parmi les trois ports de l'ancienne Trinité du commerce côtier, celui qui trahit les Romains lors de l'invasion et dont la trahison réduisit au silence le Whisperflow et transforma les puits de Buronium en eau salée.

Collines de Quantock : La chaîne de collines de grès dévonien du Somerset, s'étendant du nord-ouest au sud-est entre la baie de Bridgwater et Taunton, a été désignée en 1956 première zone de beauté naturelle exceptionnelle d'Angleterre. Son nom provient du brittonique*Cantuc*, c'est-à-dire le rebord ou le cercle. Leurs sommets sont couverts de terre rouge et de bruyère, leurs combes sont boisées, et elles abritent les Gurt Wyrms depuis avant l'arrivée des Romains et les abriteront encore une fois que tout le monde aura fini d'en parler.

Saelhara : Le nom tharionais ou fictif du désert du Sahara, cadre de la première partie de*La Terre Brisée*Aperçu du récit où Mira et les Arthons entament leur voyage vers le nord, en direction de l'île qui deviendra la Grande-Bretagne. Nous sommes aux alentours de 2500 avant J.-C. La saison des pluies est arrivée. Tout ce qui suit sera long.

Bois de Shervage : Un bois à l'est des collines de Quantock, aujourd'hui géré par la Commission des forêts, abritant des chênes centenaires et des plantations de conifères plus récentes. C'est le bois précis mentionné dans la légende du Ver de Gurt du Somerset, comme étant le domaine de la créature et le lieu de l'erreur du bûcheron. Au printemps, l'ail des ours y est abondant. Si vous apercevez un très gros tronc d'arbre abattu, souvenez-vous des conseils des bateliers.

Baie de Snarwood : La baie située sur la côte nord du Somerset, où les Jinglewyrms avaient élu domicile, est décrite dans cet ouvrage comme faisant partie du littoral des baies de Kilve et de Snarwood. Le nom de Snarwood n'apparaît pas sur les cartes topographiques modernes et pourrait être une transcription tharionaise d'un nom local ou historique désignant une partie de cette côte, ou bien il pourrait s'agir d'un nom inventé, voire des deux.

Somerset : Le comté. Connu sous le nom de Tharion dans la cosmologie de ce livre, dérivant d'un nom plus ancien que l'occupation romaine a peu à peu fait disparaître. Une région brumeuse peuplée de gens chaleureux, de wyrms sauvages, d'une magie profonde, de pluies abondantes, d'un excellent cidre et d'une tradition qui consiste à se souvenir discrètement de ce que le reste de l'Angleterre a choisi d'oublier.

Tharion : Le nom tharionais du Somerset, utilisé tout au long du Cycle de Tharion dont ce livre fait partie, tire son étymologie des anciens pactes de Caelir l'Unique et de la dénomination originelle de la région avant l'occupation romaine. Son lien avec les toponymes historiques réels de la région, notamment Somersetae (dont dérive Somerset), est plus suggestif que littéral.

Tor Velden : Le nom tharionais de Glastonbury Tor. Voir*Glastonbury Tor.*

Wumble, l'(Arbres et l'Écurie de) : Au Pays de Farfrey, les arbres Wumble poussent dans des teintes qui n'ont pas de nom dans le Somerset. L'Écurie du Vieux Wumble, près de laquelle fut dressée la table du Grand Concours de Pâtisserie de Farfrey, est un lieu emblématique de Farfrey, suffisamment ancien et réputé pour qu'aucun Zibble, Plonk, Wibble, Ploop ou Snorf n'ait jamais songé à remettre en question sa présence. Le lien de parenté entre cet arbre et les maires des arbres Wumble, qui n'ont aucune autorité sur les Winderwyrms, demeure obscur. Il se pourrait même qu'il n'existe qu'un seul Wumble.

Whisperflow, le : Dans la cosmologie tharionaise, un cours d'eau sacré traversait Glastonbury ou ses environs. Le chapitre consacré à Caradoc et Brannoc décrit son silence comme survenu suite à la trahison des marchands de Paritonum. Il transportait les courants du Wyrd jusqu'à la grande cloche d'Avalonae, et son silence était considéré comme un fléau. L'étude hydrologique n'a pas permis de déterminer s'il coule encore, silencieusement ou non, sous les fossés de drainage actuels des Somerset Levels.

Le Compendium des Vallons : un appendice combiné

Annexe A : L'occupation romaine et le silence de plomb

L'arrivée de la Legio II Augusta en 43 ap. J.-C. imposa une réalité rigide et géométrique au Sud-Ouest. Les Romains s'intéressaient principalement aux gisements d'argent et de plomb de Charterhouse-on-Mendip, qu'ils exploitèrent avec une efficacité que les collines de Mendip n'ont pas entièrement pardonnée. Pour les Gurt Wyrms, les mines étaient de profondes plaies suintantes dans le grès que Caelir l'Unique avait teint en rouge pour des raisons que les Romains n'avaient jamais songé à interroger.

Les Jinglewyrms apparurent durant cette période, semblant naître des effusions d'argent de la terre remuée. Certains des plus anciens bateliers croyaient qu'ils n'étaient pas seulement attirés par l'argent romain, mais qu'ils en étaient en quelque sorte faits : des esprits des filons de minerai animés et dotés d'une voix par le tumulte de l'exploitation minière. La construction de la Fosse Way fut ce que les Winderwyrms, dans leurs moments de franchise, appelaient une lame morale. Dans le folklore du Somerset, on murmure que la ligne presque droite de la route coupa les sentiers sinueux des Wyrms, forçant nombre d'entre eux à se réfugier dans le Vallon Creux et Immatériel, ne pouvant plus traverser une terre si strictement divisée. La Fosse Way existe toujours. Les sentiers sont plus difficiles à trouver, mais ils sont toujours là.

La IIe légion Augusta était commandée lors des campagnes d'Occident par le futur empereur Vespasien, qui soumit la tribu des Durotriges et prit la forteresse de Maiden Castle. Il devint empereur en 69 ap. J.-C., un parcours biographique qui justifie pleinement sa présence dans toute histoire du Somerset romain. Le Capricorne était l'emblème de la IIe légion. Les collines de Quantock ne l'apprécièrent guère.

Annexe B : Le rapport sur la lame droite

Fragment de lettre du décurion Marcus Flavianus, vers 62 après J.-C., découvert dans un coffret doublé de plomb en 1904.

« Les géomètres sont au bord de la mutinerie. Nous avons tenté de tracer la route conformément au décret du gouverneur, mais le grès de Quantock semble se dérober sous nos chaînes. Les hommes se plaignent d'une odeur suffocante, un nuage épais d'ail des ours, qui se dégage même là où aucune plante ne pousse. Plus inquiétants encore sont les éboulis sur la côte. Mes hommes ont perdu trois semaines de solde, emportées par le vent ; ils prétendent que les pièces de cuivre se sont tout simplement envolées vers la laisse de mer. Les collines refusent nos lignes droites ; elles préfèrent serpenter, et dans leurs méandres, nous perdons le sens de l'équilibre. »

Journal de levé topographique, district de Cantoc, jour 14. Mesure de la chaîne non concluante pour le troisième matin consécutif. Les poids de plomb sont correctement positionnés au camp de base, mais présentent un écart d'environ deux pieds romains lorsqu'ils sont déployés au-dessus de la crête de grès. L'assistant du géomètre, Caius, rapporte avoir entendu ce qu'il décrit comme un chant provenant de la paroi rocheuse. J'ai noté cela comme étant le vent. Le tracé de la route devra être revu. Encore une fois.

Fragment de tablette de cire, district minier de Mendip, date inconnue. Très endommagée. Seule la dernière phrase est lisible : « Et l'argent n'était pas là où les relevés topographiques l'indiquaient, mais les trous que nous avions creusés étaient déjà là. »

Version latine :

« Les géomètres sont à deux doigts de fomenter une rébellion. Nous avons tenté de construire une route sur ordre des légats, mais les rochers de Cantocensia semblent se dérober sous nos chaînes. Les soldats se plaignent de l'odeur, d'autres de l'épais brouillard forestier qui s'élève là où aucune plante ne pousse. Mais le clapotis des vagues m'émeut davantage. Mes hommes ont perdu trois semaines de solde à cause de l'air ambiant ; ils disent que les pièces de bronze se sont envolées, tintant dans la chaleur. Les montagnes ne supportent pas nos lignes droites ; elles préfèrent les courbes, et à cause de ces courbes, nous perdons l'âme de Rome. »

Journal de terrain, district de Cantoc, jour 14 : Mesure à la chaîne invalide le troisième matin. Les balances du camp sont correctes, mais sur la crête rocheuse, elles sont erronées d'environ deux pieds romains. L'assistant de Gaius signale avoir entendu un chant provenant de la falaise. J'en ai pris note : il s'agit du vent. Le tracé de la route devra être modifié une fois de plus.

Fragment de tablette de cire, district minier de Mendip, date inconnue : ...et l'argent n'était pas là où on l'avait annoncé, mais les trous que nous avons creusés, nous les y avons déjà trouvés.

Annexe C : Répertoire géographique du Somerset et de Farfrey

Bois de Shervage (prononcé Sher-vidge) : Le berceau ancestral des Gurt Wyrms. La Singularité de Shervage est le point précis où le chant du Wyrm est le plus puissant, et l'endroit exact où le bûcheron a commis son erreur. Gérée aujourd'hui par la Commission des Forêts. L'ail des ours y est abondant au printemps. La règle concernant les gros troncs d'arbres tombés s'applique.

Plage de Kilve (en tharionais : Kelvenna) : Ces plages, dites « plages de schiste bitumineux », regorgent de fossiles d'ammonites et d'ichtyosaures du Lias. Les Jinglewyrms émergent ici des couches fossilifères de limon rouge. Des fossiles affleurent encore régulièrement dans les falaises. Les bateliers qui sillonnaient autrefois la baie de Bridgwater savaient qu'ils devaient écouter le son des cloches avant d'apercevoir le rivage.

Combe de Pardlestone :L'une des profondes vallées boisées du versant ouest des collines de Quantock, si humide en mars qu'elle semble inondée. L'ail des ours la recouvre à partir de fin avril. Les Gurt Wyrms descendaient ici par temps de pluie depuis la crête.

La voie Fosse (en tharionais : La lame droite) : Partant d'Exeter en direction du nord-est jusqu'à Lincoln, elle pénètre dans le Somerset près d'Axminster. Pour les Gurt Wyrms, ce n'était pas simplement une route, mais une affirmation ontologique : la déclaration que la courbure même du territoire était une erreur qu'il fallait corriger. La route existe toujours. Par endroits, elle est encore droite. Ailleurs, la terre a discrètement repris ses droits sur les courbes.

Glastonbury Tor (Tharionais : Tor Velden) : Une colline s'élevant abruptement des Somerset Levels, couronnée par le clocher de l'église médiévale Saint-Michel. Avant l'assèchement des Levels, elle se dressait comme une île au milieu d'un vaste marais. La Source Blanche à ses pieds (Hwit Fford) est le lieu du rituel druidique décrit dans le chapitre de Perdix. La source coule toujours.

Le Whisperflow : Le cours d'eau souterrain sacré reliant la Source Blanche au vaste réseau Wyrd de Tharion. Son silence, suite à la trahison des marchands de Paritonum, est décrit dans le chapitre consacré à Caradoc et Brannoc. L'étude hydrologique n'a pas permis de déterminer s'il coule encore sous les canaux de drainage victoriens des Somerset Levels.

La Bouche de Ffall :L'anse côtière de l'ouest des Cornouailles où l'épine de Myrdda mourut et où commença sa transformation. Le nom pourrait provenir du cornique*faux*, c'est-à-dire une falaise ou un promontoire. L'épine a disparu. Le vent qui souffle de cette côte est le même.

Bilbrook : Un hameau à l'extrémité ouest des collines de Quantock, près de Washford. Destination de l'une des moitiés du Gurt Wyrm après sa division. Le sillon qu'il a laissé est devenu un ruisseau. Le hameau et le ruisseau existent toujours.

Kingston St Mary : Un village à l'est des collines de Quantock, près de Taunton. Destination de la seconde partie. À environ quatorze kilomètres de Bilbrook en ligne droite à travers les collines. Par certaines nuits brumeuses, les habitants des deux villages font le même rêve.

Rues Brimble-et-Squee : Un carrefour liminal à Farfrey, là où les arbres Wumble poussent le plus densément. Siffler un air du Somerset ici fait virer le ciel orangé au carmin de l'aile d'un Winderwyrm.

Colline Grumblesome : Le summum de la laideur morale à Farfrey et la résidence permanente des Snarleygogs.

L'écurie du vieux Wumble :À proximité du site du Grand Concours de Pâtisserie de Farfrey. Le texte ne précise pas si le vieux Wumble était une créature, une personne ou un arbre Wumble d'un âge exceptionnel. L'étable exhale une odeur chaude qui n'est pas tout à fait celle du foin.

Annexe D : Biologie et taxonomie des espèces de wyrms

Mimétisme biotique et taxonomie : Les Wyrm-Kinds de Somerset et Farfrey

Mimétisme biotique : Dans l'histoire naturelle du Somerset, les Wyrms présentent un mimétisme biotique, un processus par lequel ils s'adaptent aux minéraux locaux sur de longues périodes géologiques. Il ne s'agit pas d'un simple camouflage, mais d'une transformation fondamentale de leur composition physique pour correspondre à l'architecture ancestrale du territoire.

Dos-de-mousse : Avec l'âge, le métabolisme des Gurt Wyrms ralentit à un rythme quasi quantique. Leur peau acquiert les propriétés du grès rouge du Dévonien, les rendant indiscernables de la roche jusqu'à ce qu'ils respirent – un processus qui se produit environ tous les sept ans. La main du bûcheron, posée sur l'échelle à mesurer l'écorce, sentit quelque chose de plus ancien que le bois et ne s'attarda pas à en comprendre la signification. Ces Wyrms, que l'on trouve principalement dans les Bois de Shervage et les profondeurs de la terre, possèdent un tempérament stoïque et patient, caractérisé par un effondrement lent de la forme d'onde et une valeur Oméga élevée.

Le lien lichen : Les Winderwyrms entretiennent une relation symbiotique avec l'Usnea, aussi appelée Barbe du Vieil Homme. Ces plantes agissent comme des antennes quantiques, leur permettant de se repérer dans la superposition entropique entre les Vallons Physiques et Non Physiques. La Voie de Fosse a perturbé ce système de navigation car les lignes droites ne produisent pas d'Usnea et n'offrent aucun point d'appui aux chemins de Ley. Ces observateurs infatigables et curieux des Vallons Creux et de Farfrey possèdent des écailles translucides et changeantes et existent dans un état de superposition entropique constante.

La Balance d'Argent : Les Jinglewyrms possèdent des écailles de cuivre et d'argent qui tintent comme des deniers romains tombés dans un bol creux. Contrairement à leurs cousins, ils recherchent des limites et des surfaces qui reflètent la lumière avec précision. La perturbation des filons d'argent de Mendip semble avoir déclenché leur émergence des gisements fossilifères de Kilve, suggérant une sensibilité minérale antérieure à leur habitat côtier d'une période géologique considérable. Ces créatures de la baie de Snarwood, obsédées par l'ordre, subissent souvent un effondrement rapide de la forme d'onde, entraînant des résultats de demi-valeur.

Biologie de Snarleygog : Les Snarleygogs de la Colline des Grognons possèdent chacun dix-sept mentons, bien plus que nécessaire. Ces mentons supplémentaires servent entièrement à grogner, et ce, sur une gamme de tons remarquable. On les décrit souvent comme hostiles, ce qui n'est pas tout à fait exact ; ils sont plutôt compétitifs.

Cette différence est importante car elle signifie que le Snarleygog est toujours attentif au muffin du Winderwyrm, ce qui a permis au plus jeune, avec seulement neuf mentons, de poser finalement la bonne question. Leur situation reste stable mais tend de plus en plus vers la résolution.

Annexe E : Lexique du Vallon Creux

Arche à 'ee: Littéralement : « Écoutez-le/la. » Une injonction à prêter attention à la dimension spirituelle d'un instant. Issu du dialecte du Somerset, Arketh'ee, encore utilisé dans l'ouest du pays sous sa forme familière.

Le pignon : Expression argotique désignant la civilisation romaine ; le désir de contenir ou de limiter le monde sauvage et entropique. Le toit en pente divise ; le Vallon Creux, lui, ne divise pas.

Ceinture: En dialecte du West Country, « grand » signifie « génial ». Cela sous-entend une masse ancienne et tectonique plutôt qu'une simple taille. Une chose immense est grande depuis longtemps.

Le Vallon Creux :L'espace entre les états physique et non physique de l'être. Ni monde, ni rêve. La demeure naturelle des Winderwyrms et la destination de tout ce qui refuse d'être catégorisé.

Valeur K : Score d'efficacité de l'observation morale. Plus la valeur K des observateurs est élevée, plus la forme d'onde converge fidèlement vers sa forme réelle. Une observation passive ou malhonnête réduit la valeur K et retarde la résolution.

Chemins de Ley : Les anciens chemins sinueux empruntés par les Wyrms à travers le paysage du Somerset, alignés sur les cours d'eau, les filons minéraux et l'architecture invisible du Wyrd, furent coupés à angle droit par la Fosse Way.

L'Oméga : La somme de toutes les sommes : la bonté collective qui survit à la dégradation de la pierre et du bronze. Le mal se réduit de moitié ; l'Oméga s'accumule sans limite, c'est pourquoi les Winderwyrms ont triomphé et triompheront toujours.

Superposition:L'état d'exister simultanément dans plusieurs conditions possibles, avant qu'un choix ne soit fait et que la forme d'onde ne s'effondre. Farfrey existait en superposition avant même que le premier muffin ne soit cuit. La majeure partie du mois de novembre existe en superposition.

Tharion :L'ancien nom immatériel du Somerset, utilisé par les Wyrms avant l'arrivée du Grand Aigle. Son étymologie, dans l'univers de fiction, est liée aux alliances de Caelir l'Unique. Son lien précis avec les toponymes historiques est plus suggestif que littéral.

Mâcher en bourdonnant :L'acte de délibérer sur un choix moral avant que la situation ne s'aggrave. Non pas la procrastination, qui est une forme d'évitement. La « Mâcher-Rêverie » consiste en une réflexion active, en pleine conscience qu'une décision devra être prise. Les Winderwyrms y ont largement recours. Les Snarleygogs, en revanche, n'en font pas assez.

Le Wyrd : Le destin, ou fatalité, tel que le concevaient les Anglo-Saxons et, dans cette cosmologie, les Winderwyrms, qui leur sont bien antérieurs. Le Wyrd n'est pas figé, mais réactif ; il se meut à travers le Whisperflow et résonne dans le Tor. Les « Sœurs Fatidiques » de Shakespeare sont une traduction erronée des « Sœurs Wyrd », ce qui est une tout autre affaire, bien plus grave.

Annexe F : L'oméga et la valeur K

L'Omega représente la somme de toutes les sommes, la bonté collective qui survit à la dégradation de la pierre et du bronze. Au Pays de Farfrey, la valeur K, indice d'efficacité de l'observation morale, détermine la rapidité avec laquelle une forme d'onde se stabilise.

La loi fondamentale de l'éthique quantique fonctionne ainsi : les choix mauvais ou odieux, tels que le muffin Snarleygog, atteignent rapidement une valeur initiale. Leur forme d'onde s'effondre presque instantanément en une forme impressionnante, mais finalement instable. La valeur de tout choix mauvais à son apogée est, selon la loi éthique quantique, exactement la moitié de la valeur du choix bon équivalent à son apogée. Il ne s'agit pas d'une punition, mais de mathématiques. Le total Snarleygog, quoi qu'il fasse, sera toujours la moitié de la pile Winderwyrm, et l'Oméga, qui est la somme de toutes les piles Winderwyrm à travers le temps, est inaccessible au mal. Il demeure à jamais l'ombre de ce que la bonté approche.

La valeur K de l'observateur n'est pas passive. Un muffin cuit en secret, sans être observé, subit tout de même un effondrement de sa forme d'onde, mais l'accumulation d'observations morales et honnêtes accélère la reconnaissance de sa véritable valeur. La valeur K des Winderwyrms, accumulée au fil de siècles d'observation patiente depuis les collines couvertes de lichen du Somerset, était considérable. Farfrey la ressentait.

Annexe G : Chronologie du cycle de Tharion

Avant 43 après J.-C.Les Gurt Wyrms et les proto-Winderwyrms peuplent Tharion. Les Filles d'Avalon entretiennent la bibliothèque de la Source Blanche. Les trois ports de Buronium, Hinclaeth et Paritonum commercent dans une joyeuse harmonie. L'argent repose intact dans la roche de Mendip.

43 ap. J.-C.L'arrivée de la Legio II Augusta marque le début des campagnes de Vespasien dans le Sud-Ouest. Les mines de Mendip ouvrent leurs portes six ans après l'invasion. Les Jinglewyrms commencent à émerger des gisements fossilifères de Kelvenna.

50 à 350 apr. J.-C.L'Alliance d'Argent. Les Jinglewyrms acceptent le titre de Custodes Litoris. Des sources sacrées sont révélées. La Voie de la Fosse est tracée. Les chemins de Ley sont ouverts. L'ancienne bibliothèque de Tor Velden est incendiée. Myrdda quitte Falmouth, le sel dans les cheveux et le chagrin dans les bottes.

Entre 350 et 380 après J.-C. environLe Décret et le Massacre. Les Gurt Wyrms proclament le décret depuis les profondeurs de Shervage. Les Jinglewyrms refusent. Trois jours de silence sur la côte du Somerset.

409 à 410 ap. J.-C.Rome se retire. Les routes demeurent. Le grès était de toute façon destiné à survivre aux bornes kilométriques.

Période médiévale, date non préciséeL'erreur du bûcheron. Elle n'est pas datée car elle aurait pu se produire à presque n'importe quel moment entre le départ de Rome et l'époque actuelle, ce qui est précisément son intérêt.

Le présentLes fougères s'agitent. Les jacinthes des bois arrivent sans prévenir. Quelque part dans le bois de Shervage, une grosse bûche tombée exhale une légère odeur d'ail des ours. À Farfrey, les Snarleygogs apprennent à plier les œufs avec plus de soin.

Annexe H : Sur la tradition du Wassail et la complainte de Snarleygog

Le chant « Waes-Hael » interprété par les douze Snarleygogs lors de la transformation de Myrdda s'inspire de la véritable tradition du Somerset, celle du wassail : la cérémonie du solstice d'hiver consistant à visiter les vergers, à chanter aux arbres, à chasser les mauvais esprits et à boire du cidre en quantités suggérant une résistance farouche de ces derniers. Le mot « waes-hael » est un terme vieil-anglais signifiant « sois bien », et cette tradition est attestée au moins depuis le XIIIe siècle dans le Somerset et l'ouest de l'Angleterre, avec probablement des origines plus anciennes.

La cérémonie du wassail consistait à inciter les pommiers à donner une bonne récolte : encourager un système naturel à accomplir sa mission grâce à une combinaison de rituels, de bruits et d'application stratégique de cidre aux racines. Inciter Myrdda à se forger une nouvelle identité et à se rendre à Cadbury sous un nom que le roi ne reconnaîtrait pas est une requête plus complexe, mais le principe sous-jacent reste le même. Le fait que les Snarleygogs pratiquent ces rituels est un détail inattendu. Il est possible que leur esprit de compétition et leurs grognements caractéristiques ne soient pas des défauts de caractère, mais les propriétés naturelles de créatures qui subissent des transformations difficiles et irréversibles. La bonne reine Mira l'avait compris. Myrdda, en devenant Myrddin, n'avait d'autre choix que de le comprendre elle aussi.

Annexe I : Le muffin comme mesure morale

Le choix du muffin n'est pas anodin. La fabrication du pain est l'une des plus anciennes techniques humaines, l'un des premiers actes par lesquels les premières communautés ont transformé la matière première en un aliment plus nourrissant que la somme de ses composants, et l'un des rares processus domestiques qu'il est impossible d'accélérer sans conséquences. Le pain ne lèvera pas plus vite simplement parce que vous le souhaitez. La levure agit à son propre rythme. La pâte a besoin de repos.

Le muffin concentre toute la question morale en un simple geste domestique. Chaque ingrédient est un choix. Chaque choix a une valeur. L'ensemble de ces valeurs détermine le résultat, et le résultat est indéniable : soit il tient bon, soit il s'effondre.

Le muffin Snarleygog n'est pas simplement un mauvais muffin. Il démontre que la rancune est un ingrédient, qu'elle modifie la pâte, et que le désir de gagner plus vite que son adversaire se mesure à la texture du muffin. La forme d'onde s'effondre selon ce qui a été réellement mis, et non selon l'intention. Le muffin Omega, préparé par toute l'équipe de

Farfrey, n'est pas meilleur grâce à un talent particulier. Il est meilleur parce que personne n'y a mis de rancune. L'absence d'un ingrédient est aussi un choix, et en termes d'éthique quantique, c'est l'un des plus importants qu'un boulanger puisse faire.

PART OF THE HOLLOW VALE UNIVERSE

TWO BRITISH
YULETYDE
MYTHS FOR
CHRISTMASSE
TYME

POETRY OF THE FABLED
GABLE OF ROMAN
BRITAIN:

BY ALEXANDER PAUL BURTON

Aperçu du livre :Poèmes de Noël fantaisistes à lire seulement en décembre

Frère Faelric, Monastère de Saint-Ambroise, Somerset, Angleterre, vers 608, Anno Domini

Je partage sans hésiter ces récits, bien que je sois réticent à dévoiler l'intégralité des rouleaux tharionais traduits avant qu'ils ne soient correctement et fidèlement traduits. Jeudi dernier, j'étais assis au sommet de la colline dominant la clairière vallonnée piétinée par une troupe de poneys ; une grosse bande de bêtes affamées qui s'étaient échappées de leur étable, tout au fond du verger de poiriers.

Mon cœur a brièvement tressailli à la vue de leur présence hors de la grange, dans la froide nuit d'hiver. Puis, à ma grande surprise, j'ai médité sur la bonté du Seigneur et sur le fait que tous les êtres, aussi frigorifiés ou nécessiteux soient-ils, sont pourvus de ses besoins.

Les courts récits de ce recueil, qui comprennent un aperçu d'autres textes que j'ai traduits, donnent un avant-goût du grand royaume de Dieu à l'époque de la Bretagne romaine, avant l'arrivée de nous, les Saxons, quelque deux cents ans, voire des siècles plus tard.

Osez lire ces contes. Ils n'ont pas à s'excuser pour leur style oratoire et leur poésie joyeuse. Ce sont deux courts contes de Noël pour les plus circonspects et les plus sages d'entre nous.

Frère Faelric, Somerset, Angleterre, Noël, 608 après J.-C.,

Perdix : Une perdrix dans un poirier (Première partie)

White Spring, Glastonbury (Hwit Fford, Tor Velden), Somerset (Tharion), vers 40 Anno Domini, sous le règne de l'empereur Caligula, avant l'invasion de la Bretagne

Le vent soufflait de nouveau. Les brumes vertes qui s'élevaient du Whisperflow voilaient les arbres du verger, jadis chargés de fruits, désormais dénudés. Perdix, accroupi en équilibre précaire sur un rocher, ses griffes s'enfonçaient dans la pierre humide ; seules les petites runes en spirale, gravées dans la pierre depuis des temps immémoriaux, l'empêchaient de tomber. Le vent hurlait encore, mais s'était quelque peu calmé depuis que les brumes matinales s'étaient dissipées, révélant un ciel gris et un soleil pâle sous un paysage plat et bas. Ce point de vue était le préféré de Perdix, et bien qu'il ait l'habitude de rester des heures au sommet de Glastonbury Tor, aujourd'hui ferait exception : il avait une affaire urgente à régler. Il ne pouvait pas être en retard.

Les Filles d'Avalon, comme on les appelait encore, l'avaient invité à une cérémonie spéciale qui ne devait avoir lieu que la troisième nuit après le solstice d'hiver. Son sens aigu de l'observation l'avait amené à conclure que ce matin devait être le troisième jour, même s'il ne pouvait compter qu'en observant les feuilles encore flétries sur les arbres du verger en contrebas. Dans leur joyeuse danse vers le sol, caractéristique du solstice d'hiver, il remarqua que quelques vrilles brunes portaient encore de petites feuilles qui n'étaient pas encore tombées. Son bec claqua légèrement tandis qu'il regardait la dernière feuille tomber ; une goutte d'eau tomba de son bec et confirma ce qu'il savait déjà : l'hiver était une saison calme et, même si le vent ne s'était pas encore calmé, l'humidité matinale était suffisante pour confirmer que c'était bien le solstice d'hiver.

Perdix n'avait pas choisi ô gravir la colline après son rapide petit-déjeuner, pris peu après le lever de la lune. Prudent, il préférait n'utiliser ses ailes qu'en cas de danger ou d'urgence, plutôt que la lenteur de ses griffes noueuses. L'ascension jusqu'au sommet lui avait pris une heure ou deux, qu'il avait mesurées au lever du soleil et à la disparition progressive des brumes et des nuages verdoyants. Un ciel nuageux aujourd'hui ; ni neige ni pluie. Des nuages. Perdix était perplexe, car tous les signes autour de lui indiquaient que c'était bien le solstice d'hiver. Il remarqua les houx, l'odeur du lierre et même la fumée de bois de cerisier qui s'élevait des cheminées des habitants de Street (Stratanhold), Catcott (Cattocum) et des autres hameaux autour du Tor. Son odorat n'était pas aussi aiguisé que celui du renard rusé ou des loups qui rôdaient encore dans ces contrées, mais il savait que c'était le cœur de l'hiver.

Le rituel commença alors, les Filles d'Avalon prêtes à ramener la lumière de l'été dans la grisaille oppressante qui avait trop longtemps enveloppé les animaux et les humains de Britannia. La lune brillait de mille feux, mais s'obscurcissait peu à peu sous la faible lueur du soleil, encore partiellement dissimulée par le ciel gris.

« Nous invoquons le Wyrd pour qu'il nous guide dans nos œuvres terrestres, que nous cherchons à utiliser pour apporter la lumière au monde des vivants et aux desseins immatériels du Vallon Creux », déclara l'archidruide Brennus, un homme puissant et imposant que Perdix respectait profondément.

« Je t'en supplie, ô Danu. Ô Belisama. Nous te sommes redevables en ce jour sombre de l'avènement de la lumière.

Protège-nous du mal. Garde-nous sous les ailes de ta générosité et de ta protection. Ô Danu. Ô Belisama. » répondit une apprentie aux yeux brillants, récitant ces mots avec soin. Perdix scrutait attentivement ses lèvres et ses expressions faciales de son regard perçant, observant les changements dans ses mouvements et la façon dont ses mains se mouvaient à l'unisson avec celles de Brennus.

Tandis que Perdix, assis, observait, il sombra peu à peu dans une sorte de transe. Le feu rituel qui brûlait dans le brasero près des pierres lisses commença à se teinter de pourpre, émettant de petites étincelles qui produisaient un léger « pouf » en dissipant les dernières brumes. Tandis que l'apprentie Maeve ajoutait du gui et des éclats de pommes séchées, la lumière devint plus intense et se mit à bourdonner doucement, en harmonie avec le rythme du Tor en contrebas.

Sa mémoire n'était plus ce qu'elle était ; à plus de soixante ans, il avait oublié ses souvenirs les plus anciens et les plus profonds. Il supposait que Brennus et Maeve le considéraient comme un enfant de quatre ans seulement, car il savait que les humains vieillissaient différemment. Maeve le lui avait confié un jour dans un rêve profond ; ils ne pouvaient pas parler les langues du Vallon Creux, mais se fiaient à la magie des Enfants des Étoiles pour communiquer lors des grandes fêtes.

Sentinelle de cette région occidentale de Britannia, Perdix prenait son rôle très au sérieux. Né en l'an que beaucoup appelleraient l'an 36 après J.-C., il ne se souciait guère du temps, préférant observer les phases de la lune et les saisons de ses yeux noirs perçants. Une ligne de force masculine et une ligne de force féminine s'entrecroisaient avec une précision telle qu'elles coïncidaient avec le lieu même de sa naissance. C'est ainsi que Brennus, l'Archidruide, l'appela à mêler sa sagesse immense à celle du Destin. Il devait veiller non seulement sur sa propre progéniture, mais aussi sur de nombreuses créatures de l'ouest : les merles bruns des vergers, les vipères glissantes se prélassant au soleil d'été, et d'autres esprits bestiaux peuplant les eaux du Murmure et les mares obscures des marais au nord du Tor.

La fumée s'élevait en volutes sur sa poitrine rouge tachetée de rousseur, les gris et les traits blancs disparaissant peu à peu tandis qu'une fumée violette enveloppait tout son corps. À présent, Perdix était plongé dans un profond sommeil, mais ne réagissait pas encore ; c'était la responsabilité de Maeve, qui n'avait pas encore prononcé la formule magique en tharionais.

> *Byraeth spirareth, attachant saelon,*
> *Toril mange du nouveau, du ƿynthil éternel.*
> *Aelfrun drithra, gemunan trym,*
> *Wyrdaen hælenan, Perdix Loyth.*
> *Sƿefnunga ƿyrcan, la guerre n'est pas une chose,*
> *Mangez fin, versez ic, saelon garde.*

> *Le souffle des spirales de la mémoire, le regard qui lie,*
> *Colline dans la brume, esprit éternel voilé.*
> *Vieux fils magiques, se souvenant de la force,*
> *Le destin protège, Perdix est fidèle.*
> *Les rêves se font, la dernière cloche sonne,*
> *Au final, je tiens bon, la vue protège tout.*

Un rêve : ah, quel bonheur ! Maeve avait plongé la vieille perdrix dans un doux rêve aux teintes bleues et violettes. Durant sa longue et solitaire existence, faite d'épreuves et de tribulations, le cher gardien n'avait trouvé ni repos ni la moindre interrogation sur le sens véritable de sa vie. Car si sa progéniture n'avait pas encore perçu sa destinée, celle qu'elle découvrirait dans les années à venir, le Destin, lui, la percevait dans ses actes et dans sa vie. Gardien inébranlable des petites bêtes et des esprits des marais et des bois.

Caprice d'été Trais
Alexander Paul

Perdix : Une perdrix dans un poirier (Deuxième partie)

White Spring, Glastonbury (Hwit Fford, Tor Velden), Somerset (Tharion), vers 40 Anno Domini, sous le règne de l'empereur Caligula, avant l'invasion de la Bretagne

Son rêve l'emporta dans un ciel de velours violet et d'étoiles jaunes perçantes. Perdix ne pouvait l'exprimer, mais il était *de* le ciel, pas *dans* Le ciel. Il faisait partie intégrante de la voûte céleste et avait été placé par Danu pour protéger le royaume terrestre de Tharion, ou l'ouest de la Bretagne, dans une mission éternelle. Ainsi l'avaient voulu les dieux. Son corps s'était dissipé en poussière insignifiante et ses plumes s'étaient transformées en étoiles parsemant le ciel lumineux qui l'entourait.

Alors il la vit. Un aigle royal, paré des mêmes nuances de pourpre que le ciel qui l'abritait et que la magie qui l'avait conduit jusqu'ici. L'aigle planait depuis l'ouest, depuis la lointaine Rome italienne, portant sous ses ailes immenses promesses et fatalité. Elle volait à contre-courant et à travers les brumes, déplorant son sort mais accomplissant sa mission. Elle devait dominer la Bretagne dans les années à venir, les hommes pour hôtes et la gloire pour sceptre. C'était un aigle conquérant, non pas d'or bienveillant, mais de ceux qui pillent et ravagent sur leur passage.

Sa tristesse s'intensifia soudain lorsqu'un petit renard blanc s'approcha de la Hwit Fford (Source Blanche de Glastonbury Tor), qui, à cette époque, n'était pas recouverte d'une maison de Dieu, mais plutôt par l'aveuglement de ceux qui ne recherchaient que l'orgueil spirituel. Les Filles d'Avalon l'en avaient averti : le renard viendrait un jour s'en prendre à sa progéniture et à sa famille bien-aimée qui avait fait de ce lieu sa demeure.

Alors que le renard blanc s'approchait du ruisseau, il sentit sa faim. Il cherchait quelque chose d'indéfinissable, mais ne trouva que des murmures dans la neige. Cela révélait sa sincérité face à l'épreuve de loyauté ; le renard n'était pas dangereux matériellement, seulement par sa volonté de dominer son entourage. Il s'approcha du petit nid au nord de la Source Blanche (Hwit Fford) et s'avança prudemment tandis que les oisillons, insouciants, dormaient paisiblement ; leur sommeil serait bientôt interrompu par la volonté du renard blanc affamé.

Un sacrifice qu'il fit du haut des cieux. Les étoiles pourpres embrassèrent sa douleur et brillèrent plus fort encore que la lumière des Enfants des Étoiles, dans leur pitié pour Perdix. Sa famille avait été anéantie par ce renard blanc, une bête spirituelle à la faim insatiable. Il s'était rassasié et avait pris congé. Le nid était vide. Les petits étaient morts.

La décision fut prise. Le sort de Perdix était scellé. Le destin de Britannia était jugé certain.

Il sortit de son profond rêve et sentit de nouveau l'épaisse fumée pourpre et l'odeur cendrée du gui, du lierre, du laurier et des herbes et plantes invoquées. L'atmosphère s'était désormais dissimulée derrière un voile de lumière perçante, apportée par le soleil de milieu de matinée.

Un pacte fut conclu en ces instants. Il renoncerait à une vie ordinaire de protection et de loyauté envers le présent pour ne penser qu'à l'avenir. Son sacrifice au renard blanc annonçait l'avènement d'une ère de folie et de puissance : la Malédiction romaine. Sa loyauté, préservée par ce sacrifice, protégerait les futurs sentinelles, bêtes et humains, dans la tempête qui s'annonçait sur les terres de Britannia et de Tharion.

Dans les années à venir, Perdix serait mis à l'épreuve, mais sa loyauté ne serait jamais remise en question.

« Je t'offre la branche des poiriers du verger, pour y demeurer à jamais. Le Destin veut que tu t'en serves pour veiller sur ces terres », lui dit Maeve, l'apprentie druidesse, en inclinant la tête. Un signe de respect dans le monde des créatures volantes.

Perdix ne répondit pas. Il ne pouvait plus répondre maintenant qu'il était de retour dans le monde physique. Au lieu de cela, il baissa la tête en guise d'acquiescement. Il la garda baissée jusqu'à la fin du rituel druidique.

Mave poursuivit : « Tu feras de la Source Blanche (Hwti Fford) ta demeure pour toujours. Sur une branche solitaire d'un poirier solitaire, tu t'assiéras et contempleras l'aigle royal déployer ses ailes sombres sur ces terres. »

« Perdix le sentinelle. Perdix le protecteur. Perdix du Destin. » Brennus confirma dans un silence sombre, la bouche sèche mais le cœur plein d'espoir, sachant que cette sentinelle silencieuse veillerait sur le pays pendant des années.

À lire si vous avez besoin de la protection de l'amour

Perdix sur son monticule si vert,
Observateur silencieux, spectateur silencieux.
Il déploie ses ailes si loin,
Sa progéniture est protégée par sa cicatrice de guerre.

Voilà notre folie, voilà notre fierté
pour nous asseoir au-dessus des tempêtes que nous chevauchons.

Nous ne recherchons pas la sagesse, seulement la hâte,
sous la protection de Dieu, nous ne gaspillons rien.

Nous sommes assis sur un front de colline,
Nous fuyons la folie de nos vies.
Gaspiller des dons et Son véritable amour,
un désir silencieux venu d'en haut.

La branche sur laquelle nous choisissons de passer nos
journées,
Nous restons si aveugles, incapables de louer Dieu.
Car l'amour est un esprit sans limites, infini,
À la recherche du destin, le destin lui convient.

Dans une main bienveillante qui vole au-dessus,
la colombe solitaire et silencieuse qui observe.
Une main de paix et de plaisanterie silencieuse,
nous voir commettre des erreurs «contre sa poitrine».

Dans la vie comme en amour, nous nous servons
nous-mêmes.
mais placés en hauteur sur ses étagères.
Un geste de bienvenue, bienvenue chez vous,
chercher l'aile de la coupole céleste.

Caradoc et Brannoc : Deux tourterelles

La Barge House, Hinkley Point (Hinclaeth), Somerset, Angleterre, 100 Anno Domini, sous le règne de l'empereur Trajan en temps de paix en Britannia.

Les barges circulent d'un port à l'autre,
Une erreur de navigation, prise au piège dans les roseaux.
Leurs poupes taillées et leurs proues en roseaux,
Le vent qui porte les fidèles destriers.

« Arketh, mon fils pieux, je veux te raconter une histoire de mes échecs, une histoire tonitruante, celle de ma jeunesse et de mes erreurs de jeunesse », murmura Caradoc à son fils unique, Brannoc.

Avant de répondre, il jugea l'humeur de son père non pas à sa voix, mais au nombre de pots à cidre en terre cuite qui jonchaient la pièce silencieuse. Il se rapprocha de lui, la fumée rendant sa présence plus intime et viscérale que d'habitude. « Oui, père. Je t'écoute. »

« Avez-vous entendu parler de la légende des deux colombes de l'antique Tharion ? » demanda-t-il, n'ouvrant que la moitié de sa bouche tout en fumant sa pipe d'armoise et de bruyère, faisant soudain s'élever une petite volute de fumée bleu-gris. Cette plante, souvent appelée Myrvail-Hyrthana en langue tharionaise, était un mélange qui procurait à celui qui la fumait une sensation onirique. Répandue dans tout le pays, elle était fréquemment fumée par les anciens dans leurs hameaux ou leurs communautés, comme un moyen de canaliser la sagesse.

« J'ai entendu dire que les colombes n'existent pas. Elles n'ont jamais existé. Elles n'ont existé que dans les rêves. Ce sont les ports de Buronium, Hinclaeth et Paritonum (Bridgwater), les trois réunis, qui forment le mythe. Ce n'est sûrement qu'un mythe pour enfants ? »

« C'est ainsi, mon fils. Mais l'histoire ne s'arrête pas là. Car tu as cité trois ports. Trois n'est pas un nombre qui plaît aux dieux. Danu, dans sa sagesse, a imaginé une autre fin à ce récit. » Il tira une autre bouffée de son herbe, puis ferma les yeux et hocha la tête de façon rythmée, comme si son esprit s'enfonçait dans les brumes du temps.

Il interrompit prudemment la méditation de son père. « Je vois. Je vois. Mais père, pourquoi trois ports et seulement deux colombes ? »

Son front se fronça légèrement tandis que son regard se rapprochait du centre de ses yeux, se fixant intensément sur Brannoc d'une manière qui le rendit nerveux. Son père cherchait au plus profond de lui-même le sens véritable de la question. Caradoc la trouva peut-être quelque peu déconcertante dans son état actuel. « Ils se sont battus. »

Il marqua une pause, saisissant la gravité avec laquelle son père avait prononcé cette phrase, comme si la réponse était suffisamment évidente pour en révéler toute la portée. « Ils se sont battus ? Et les Colombes sont mortes ? Que veux-tu dire ? »

Avant de répondre, son père se cala légèrement dans son fauteuil, ajustant ses genoux et ses pieds pour être plus à l'aise, tout en rallumant sa pipe de Myrvail-Hyrthana. Il eut quelques secondes de difficulté à l'allumer, mais finit par poursuivre sa réponse à Brannoc : « Avant que ces Romains ne ravagent notre terre de Tharion, une ancienne Trinité de commerce prospérait en harmonie sur nos rivages septentrionaux : Buronium, Hinclaeth et Paritonum. »

Brannoc acquiesça. Il le savait. « Mais père, je le sais aussi. »

Son père poursuivit, ignorant son interruption : « Les habitants de Paritonum ont rompu leur accord et ont combattu aux côtés des Romains lors de leur invasion. Ils ont choisi l'or plutôt que leurs proches, reniant leur héritage arthonien et celui des Enfants des Étoiles. »

« Qu'ont-ils fait ? »

« Ils ont échangé des fragments de l'Arche Stellaire et des tablettes de pierre des Arthons, apportés ici il y a près de deux mille cinq cents ans par Mira, la Première-Née de Tharion. Ils ont ouvert la Voûte Stellaire et l'ont vidée en échange de privilèges de commerce du sel dans tout Tharion et le pays de l'ouest. »

« Ils ont troqué de la magie brute contre l'exclusivité commerciale ? Mais Danu les punirait, n'est-ce pas ? »

Son père acquiesça. « Danu l'a certainement fait, et a invoqué la fureur de la Lune. Car elle est une lune jalouse, jalouse de la terre dans son insouciance temporelle. »

« Qu'ont-ils fait, père ? Les dieux, je veux dire... » demanda Brannoc, stupéfait par la stupidité des marchands de Paritonum.

« À cause de leur trahison, le sang sur leurs mains, la rivière se tut. Le Murmure cessa d'apporter les courants du Destin à la Cloche. Il ne fit plus aucun bruit et cessa de couler vers Avalonae. Le Ruisseau Blanc se tut lui aussi. Tor Velden et la Colline des Cornes cessèrent de résonner harmonieusement avec le Destin. »

« Pourquoi le silence s'est-il abattu sur ces lieux ? »

Son père répondit après une brève pause.

« Mais qu'en est-il des marchands ? Et des Colombes ? » demanda-t-il avec empressement, s'efforçant de comprendre le reste des explications de son père. Il y avait tant d'éléments à assembler dans son esprit.

« Il n'y avait plus de colombes. Du moins, on n'en revit plus jamais à Paritonum. Les marais se turent et l'absence de leur trahison noircit les tourbières de Hinclaeth et transforma les puits de Buronium en saumure. »

Avant d'expliquer l'histoire des Colombes, Caradoc s'arrêta et ralluma sa pipe. Il reprit : « Les âmes des deux ports, accablées de chagrin, quittèrent la spirale du temps. Deux Tourterelles se rencontrèrent un dimanche après la trahison et ne revinrent jamais. Dans leur tristesse, elles s'envolèrent vers l'ouest, par-dessus la grande mer, pour ne plus jamais être revues. Rongées par le doute et le cœur brisé, elles ne revirent jamais les rivages de Bretagne. »

« ... Et c'est pour cela que nous les célébrons ? Pour leur loyauté, je veux dire. »

« Oui, mon fils. Voilà pourquoi. » Son père baissa la tête en disant cela, attristé par le récit d'une alliance brisée, d'une loyauté trahie et d'un chagrin mué en regret. « Les Colombes étaient un symbole de loyauté indéfectible et de convictions inébranlables. Elles incarnaient l'Ancien et le Nouveau. Elles étaient hors du champ des merveilles et du tourbillon du temps. »

Ainsi, elle fut connue pour l'éternité : l'histoire des deux colombes,

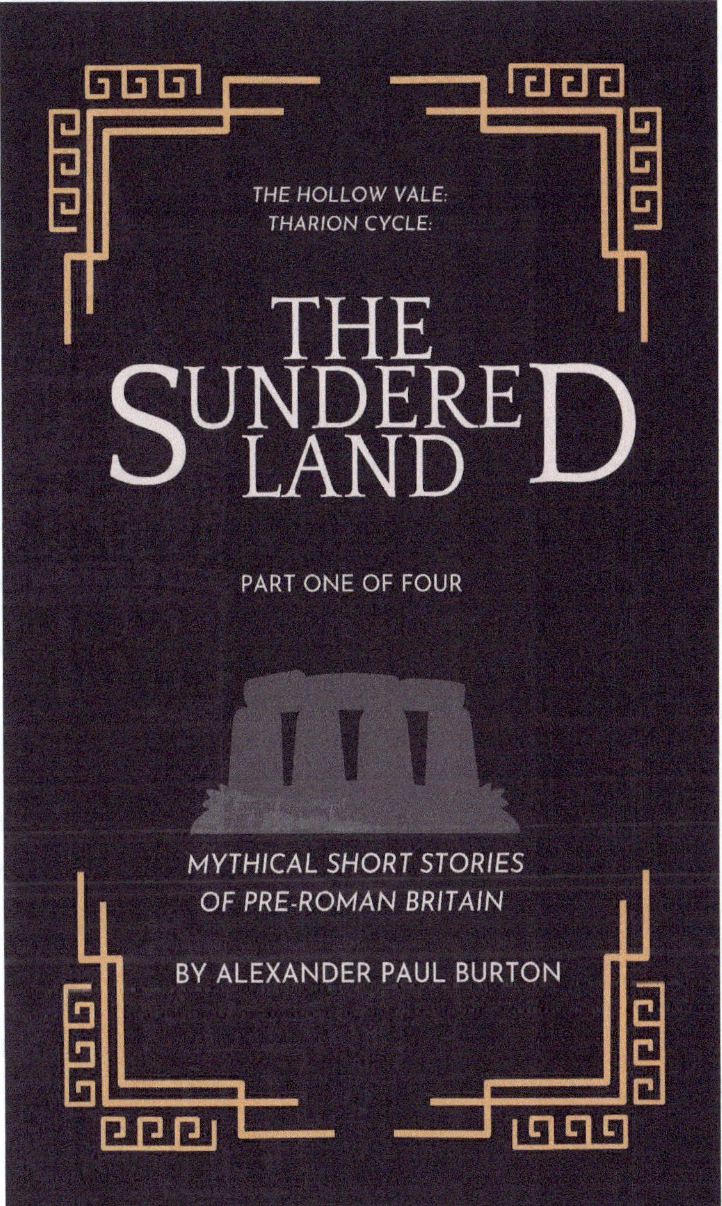
THE HOLLOW VALE:
THARION CYCLE:

THE
SUNDERED
LAND

PART ONE OF FOUR

MYTHICAL SHORT STORIES
OF PRE-ROMAN BRITAIN

BY ALEXANDER PAUL BURTON

Aperçu du livre : La Terre déchirée

Contes mythiques de la Grande-Bretagne préromaine, première partie sur quatre

Par Alexander Paul Burton

Chapitre I : La première chanson

Désert du Sahara, Saelhara, Afrique du Nord, vers 2500 av. J.-C., Néolithique/Début de l'âge du bronze, le règne de Mamun, défenseur des Arthons célestes, avant l'arrivée de la tempête.

« Une petite barque en branchages et en brindilles
se glissa dans cette brume éphémère
et tandis que le soleil levant déchirait les nuages,
Mira était assise sous des linceuls bleus.

Elle se demandait où elle irait ce jour-là.
la rivière Tem'se au gré de la marée basse,
un itinéraire plus long que par voie terrestre ou aérienne,
Mira était assise, les cheveux noisette.

Une nuit pâle et méprisante la veille,
avait déchaîné sa rage, annonçant des tempêtes.
une pluie qui la trempait jusqu'aux os,
Prophète miraculeux lisant des tomes.

Mira griffonna un poème et un texte en prose sur une petite tablette de cire qu'elle gardait dans sa sacoche en chanvre. Elle s'arrêta après la dernière phrase, de peur de perdre complètement le contrôle de l'embarcation. L'eau, aussi fine que la glace et aussi immobile que les nuits silencieuses d'hiver, s'étendait de la poupe du petit navire blanc jusqu'à l'horizon lointain. Un bout de corde brune et froissée pendait nonchalamment à côté de l'embarcation, flottant sur l'eau calme. Un pâle lever de soleil embrassait le bois brun et bas au loin. L'odeur humide du chanvre lui chatouilla les narines et une douce brise lui envoya des particules d'eau de mer humide dans les poumons. Ces particules s'ajoutaient à l'odeur de peau de chèvre légèrement décomposée qui recouvrait la coque de la petite embarcation.

Elle secoua la tête pour se réveiller et plissa les yeux pour mieux voir. Elle distinguait clairement la terre qui se rapprochait. Le bruissement rauque de trois oiseaux blancs dans le ciel était doux et feutré. Leurs ailes déployées battaient paresseusement tandis qu'ils zigzaguaient, masquant brièvement le soleil. Une ombre se projeta sur son front et son menton tandis qu'elle essuyait la brume marine de son front. Son voyage n'avait pas été vain, car même si elle était partie à la hâte, sans grandes provisions ni bénédictions, elle avait bel et bien atteint la terre dont son père lui avait parlé trois jours auparavant, avant l'arrivée de la pluie.

Son père, Mamun, avait été guidé par une étoile à sept branches couleur lapis-lazuli sept jours seulement avant son grand voyage ; quatre jours à peine avant l'arrivée de la pluie. Les habitants du hameau fortifié avaient remarqué qu'il était béni par la sagesse de Caelir l'Unique, qui la lui avait envoyée en cadeau pour le guider dans les temps de conflit à venir. Ayant appris la grande nouvelle de l'étoile à sept branches, il attendit quatre jours, puis déposa tout son or et ses grandes richesses et offrit un festin de mets, d'hydromel à l'aloès et de musique, dans une ambiance si joyeuse que tous les présents, venus des environs, poussèrent des cris de joie et dansèrent toute la nuit. Quel spectacle divin ! Un grand moment de gaieté pour tous, hommes et bêtes. Nombreux furent ceux qui se souvinrent et conservèrent en mémoire ces heures heureuses avant la tempête d'Anghar. Après le festin de Mamun, la pluie fit rage pendant trois nuits, jusqu'à ce que les roseaux eux-mêmes soient trempés par la folie de la colère de Caelir l'Unique. Ce n'était pas une tempête de larmes ni de colère. Non, c'étaient des tempêtes de joie. Des tempêtes d'abondance et de grâce, envoyées des cieux depuis leur trône céleste aux teintes pourpres qui s'étend en spirale d'un bout à l'autre. Caelir, sentinelle silencieuse, trônant en hauteur, veillait dans un repos paisible, baigné d'une insouciance pourpre.

Le don de l'humidité et de la pluie qu'ils portèrent jusqu'à ce beau siège de terre, sur le globe terrestre, tomba sur un lit d'herbe et d'arbres. Le bruit était tonitruant. La pluie et les averses torrentielles s'abattirent en un flot rapide, réjouissant les récoltes desséchées par la sécheresse. De longs mois de soleil avaient réduit les cultures des fermiers à des teintes grises et poussiéreuses. Elles n'étaient plus que l'ombre de leur abondance passée, désormais perdues sous l'effet implacable de l'entropie ; le mouvement du temps et la conclusion probabiliste que tout être vivant est voué au changement, et pas toujours pour le mieux. Pendant des mois, le peuple de Mamun avait attendu que Caelir l'Élu leur envoie des nouvelles du ciel pourpre. Un royaume majestueux qui s'étendait au-dessus, paisible et serein : le ciel de Caelir.

Ce don était censé être célébré par tous ceux qui vivaient sur ces buttes verdoyantes. Mais du haut de leurs tertres, ils ne voyaient aucun avenir porteur d'espoir. Au contraire, le peuple de Mamun ressentit une tristesse passagère ; ils cherchèrent à tâtons les raisons de cette pluie incessante. Elle devait forcément cesser, car cette humidité qui s'abattait anéantissait le bonheur même qu'ils croyaient avoir accueilli, ce bonheur même qu'ils avaient recherché pendant des années, au cours de nombreuses saisons de sécheresse.

Certains cherchaient à fuir le don de la pluie, car ils aspiraient à vivre en terres nouvelles. Ces mêmes mains pointaient vers le nord-ouest, mais leur prophétie resta lettre morte. Ces prophètes, connus sous le nom d'Arthons Célestes, avaient attendu des années cette pluie. De longues années d'attente, ils consignèrent sur leurs tablettes la spirale céleste, à chaque passage du soleil et de la lune. Sur leurs tablettes et grimoires, les Arthons gravaient une simple rune « T » pour le passage du feu céleste, Sol, le soleil, et une rune « O » pour le passage de la Lune, tache céleste symbolisant sa déception céleste et circulaire.

Les Arthons racontaient que, par mépris pour la création de la Terre, Luna avait été déchue et réduite à néant par Caelir l'Élu en personne, devenant ainsi une simple lune et non plus un monolithe imposant dans le royaume céleste pourpre. Luna devint une lune à part entière, punie pour son arrogance et sa jalousie, et ne fut plus jamais considérée comme une planète.

Les Arthon comptèrent d'innombrables nuits et écrivirent les runes lorsque le soleil brillait de toute sa puissance. Dans une lumière photonique éclatante, Sol se répandait sur le firmament et fut ainsi nommé « soleil de midi », qui consentit à déverser son rayon cosmique pour rayonner et réchauffer. Cette chaleur fit pleurer les nuages de pluie pendant trois jours. Les averses bleues et aux nuances de gris-violet embrasèrent le ciel des couleurs de la nouveauté, tant étaient gracieuses ces gouttes d'eau vivifiante. À cet égard, la terre temporelle devait devenir un réceptacle de la bonté divine. L'eau fut formée et dispersée pour nourrir la terre, la mer et mettre fin à la sécheresse d'antan. L'humidité, ou le désordre, est la véritable source de la création, de l'inspiration, et s'oppose avec rigueur à un monde aride, statique et matériel, dépourvu de divinité.

Avant l'arrivée de la pluie, Mamun avait ordonné aux habitants du hameau fortifié de rassembler tous les pots, récipients et jarres qu'ils possédaient dans leurs belles demeures. L'étoile à sept branches lui avait enjoint de ne pas opposer de force ni de volonté au déluge imminent.

Car ce déluge était un don, et aucun don de Caelir l'Unique ne devait être gardé pour soi. Tous les pots, récipients et boîtes devaient être brisés et brûlés en offrande.

Un pacte de trahison fut conclu : quiconque s'opposerait à la volonté d'une seule goutte d'eau, retenue par la seule force de la volonté humaine, serait considéré comme une atteinte à la volonté même de Caelir. L'eau devait couler. Le déluge suivrait son cours et engloutirait les terres d'Arthon sous un déluge de nouveauté et de chaos : une merveille céleste, un enchantement pour la création.

Tous les gens, venus de loin, apportèrent leurs pots, jarres et urnes d'argile au grand festin de Mamun. Ils allumèrent un feu et brisèrent, fracassèrent et brûlèrent tous les récipients.

Disponible dès maintenant sur toutes les plateformes. Consultez mon profil d'auteur ou visitez www.alexanderpaulburton.com

Caprice d'été Troi
Alexander Paul

À propos de l'auteur

Alexander Paul Burton est un conteur, un compositeur et un discret cartographe de la mémoire. Né en Grande-Bretagne et façonné par les collines, les marais et les chemins pittoresques des Cornouailles et du Somerset, il a grandi non pas avec les mythes, mais au milieu d'eux. Ses premières influences ne furent ni les dragons ni les épées, mais les noms oubliés sur les bornes kilométriques, les fantômes des horaires de train et la façon dont la brume s'accroche à la pierre comme une mémoire qui se souvient d'elle-même.

Installé à Toronto, Alexander continue d'écrire à la croisée de l'histoire fictive et de l'imaginaire. Ses œuvres de fiction et sa musique explorent les frontières entre lieu et présence, entre ce qui est perdu et ce qui demeure. Il puise son inspiration dans l'étymologie, le folklore et les silences éloquents qui ponctuent les échanges. Son expérience dans le secteur associatif et le secteur public a forgé une conviction profonde :Les histoires sont des vaisseaux,Pour le deuil, pour la joie, pour se souvenir autrement.

Son écriture est imprégnée du langage des échos,*vethir anneth*, les vérités indicibles qui demeurent dans le silence, et guidées par le mantra des Filles d'Avalon :*ethra script bain*, Ce qui est écrit en résonance résonne dans l'âme.

Alexander Paul Burton, Toronto, Ontario

https://www.alexanderpaulburton.com/the-hollow-vale-wiki

9 781069 415851